CB005705

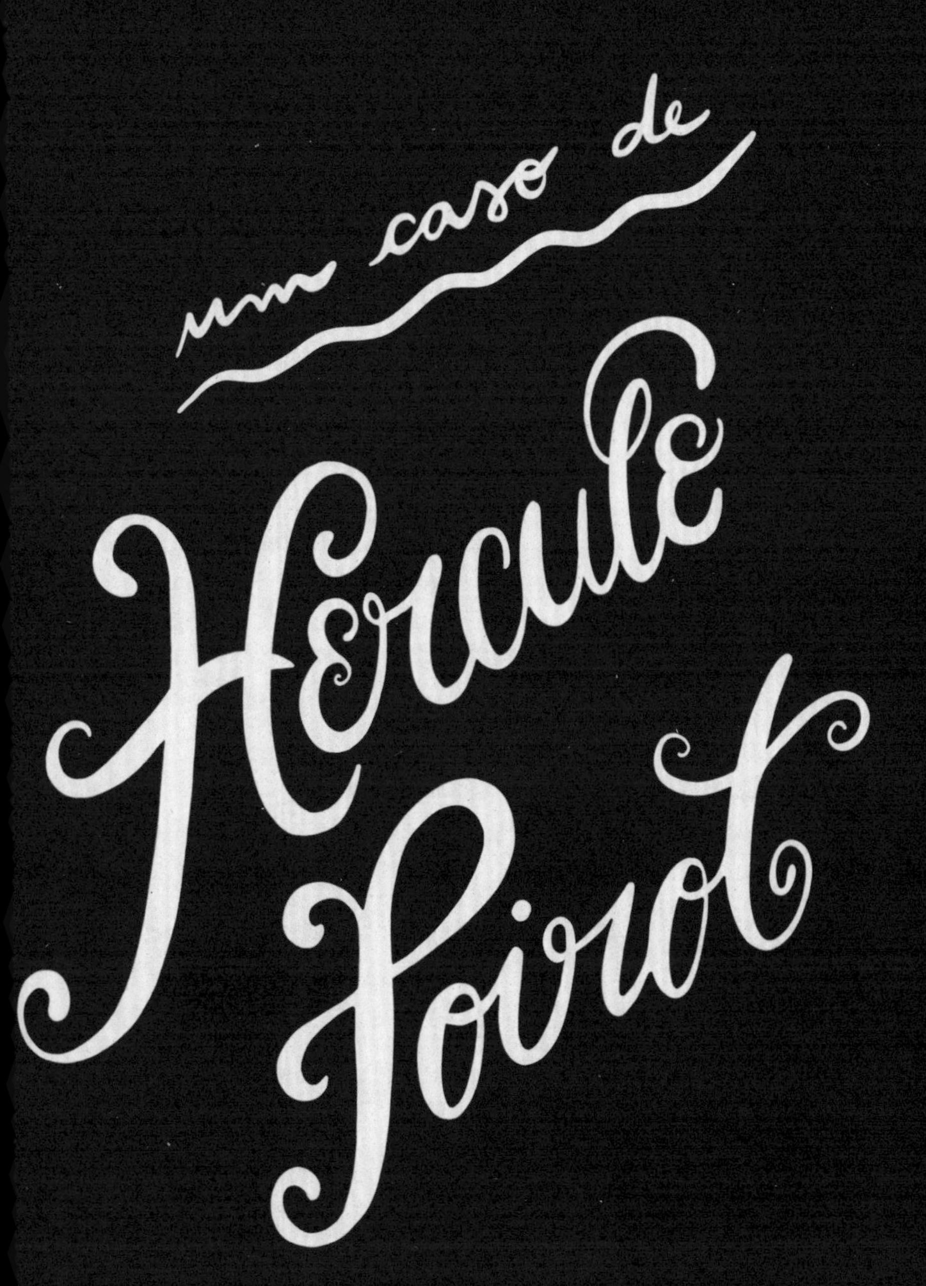

Publicado originalmente em 1938

· TRADUÇÃO DE ·

Érico Assis

Rio de Janeiro, 2025

Diretora editorial: *Raquel Cozer*

Gerente editorial: *Alice Mello*

Editor: *Victor Almeida*

Assistência editorial: *Anna Clara Gonçalves e Camila Carneiro*

Copidesque: *Anna Beatriz Seilhe*

Revisão: *João Pedroso e Bonie Santos*

Design gráfico de capa e miolo: *Túlio Cerquize*

Produção de imagens: *Buendía Filmes*

Produção de objetos: *Fernanda Teixeira e Yves Moura*

Fotografia: *Vinicius Brum*

Diagramação: *Abreu's System*

Dados Internacionais de Catalogação na Publicação (CIP)
(Câmara Brasileira do Livro, SP, Brasil)

Christie, Agatha, 1890-1976
O Natal de Hercule Poirot / Agatha Christie; tradução de Érico Assis. – Rio de Janeiro: HarperCollins Brasil, 2021.

Título original: Hercule Poirot's Christmas
ISBN 978-65-5511-224-5

1. Ficção policial e de mistério (Literatura inglesa) I. Título.

21-80493 CDD-823.0872

Índices para catálogo sistemático:

1. Ficção policial e de mistério: Literatura inglesa 823.0872

Cibele Maria Dias – Bibliotecária – CRB-8/9427

Rua da Quitanda, 86, sala 601-A – Centro
Rio de Janeiro, RJ – CEP 20091-005
Tel.: (21) 3175-1030
www.harpercollins.com.br

Meu caro James,
você sempre foi um dos meus leitores mais fiéis e gentis,
e por isso fiquei aflita quando recebi sua crítica.
Você reclamou que meus assassinatos estavam refinados
demais. Anêmicos, inclusive. Você estava ansioso por
um "assassinato violento, dos bons, com muito sangue".
Um desses em que não houvesse dúvida
de que foi um assassinato!
Portanto, esta história é especialmente para você.
Foi escrita para você. Espero que agrade.
De sua afetuosa cunhada,
Agatha

Sumário

Capítulo 1

22 de dezembro

Stephen ergueu a gola do casaco enquanto, apressado, caminhava pela plataforma. Uma leve neblina anuviava a estação. Grandes locomotivas assobiavam com soberba, disparando nuvens de vapor no ar gelado e úmido. Tudo estava sujo e encardido de fuligem.

"Que país fétido! Que cidade fétida!", pensou ele, repugnado.

Sua empolgação inicial com Londres, com suas lojas, seus restaurantes, suas mulheres lindas e bem-vestidas, havia passado. Agora ele via a cidade como um diamante falso num engaste encardido.

Imaginando-se de volta à África do Sul, ele sentiu uma pontada de saudade. A luz do sol... Os céus azuis... Os jardins floridos... As flores daquele azul plácido... As cercas vivas de dentelária... Os convólvulos azuis que se agarravam a cada casebre.

Já aqui: a sujeira, a fuligem, as multidões infinitas e incessantes... correndo, sempre com pressa, uma pessoa empurrando outra. Formiguinhas atarefadas diligentes no formigueiro.

Por um instante, pensou: "Preferia não ter vindo..."

Então lembrou seu propósito, e seus lábios fixaram-se em linha reta. Aos diabos! Ele iria até o fim! Havia planejado durante anos. Era o que sempre quisera fazer. Era o que faria. Sim, iria até o fim!

A relutância momentânea, aquele questionamento súbito — "Por quê? Será que vale a pena? Por que se perder no passado? Por que não deixar tudo para lá?" — era sua única fraqueza. Ele não era mais um menino, guiado apenas pelos caprichos do momento. Era um homem de quarenta anos, seguro de si, com um propósito. Iria até o fim. Faria o que viera à Inglaterra fazer.

Embarcou no trem e cruzou o corredor em busca de um assento. Dispensara o auxílio de um carregador e levava ele mesmo a maleta de couro. Olhou de vagão em vagão. O trem estava cheio. Faltavam apenas três dias para o Natal. Stephen Farr olhou para os vagões lotados com desgosto.

Gente! Gente incessante, incontável! E todos tão... tão... Qual era a palavra? Ah, sim, tão *banais*! Tão iguais, horrendos de tão idênticos! Os que não tinham cara de ovelhas tinham cara de coelhos, pensou. Alguns ficavam conversando, inquietos. Alguns, os avançados na meia-idade, resmungavam. Nesse caso, lembravam mais porcos. Até as moças, esguias, de rostos ovalados e lábios escarlates, eram de uma uniformidade que o deprimia.

Pensou na savana vasta, banhada pelo sol, desabitada, e teve outro acesso repentino de saudade...

E então, de repente, olhando para o vagão, sentiu o ar lhe faltar. Aquela moça era diferente. Cabelos escuros, uma palidez leitosa, opulenta, olhos com a profundez e as trevas da noite. Olhos orgulhosos e tristes do Sul... Era errado tal moça estar sentada naquele trem entre gente sem graça, gente banal. Era errado ela se dirigir à sombria região central inglesa. Ela devia estar numa varanda, com uma rosa entre os lábios e uma renda preta cobrindo a cabeça altiva, e devia haver areia, calor e cheiro de sangue, cheiro das touradas no ar... Ela devia estar em lugar esplêndido, não espremida no canto de um vagão de terceira classe.

Ele era observador. Não deixou de perceber como o casaquinho e a saia pretos que ela usava estavam puídos, que suas luvas eram de má qualidade, que os sapatos estavam em estado deplorável e que havia a nota dissonante da sua bolsa de mão vermelho-fogo. Ainda assim, o adjetivo que ele atribuía a ela era esplendorosa. Ela *era* esplêndida, refinada, exótica...

Que diabos estaria fazendo no país das brumas, dos calafrios e das formigas diligentes e agitadas?

"Preciso saber quem ela é e o que faz aqui", pensou. "Preciso..."

II

Sentada, Pilar estava espremida contra a janela e pensava em como os ingleses tinham um cheiro esquisito... Era o que mais a impressionara na Inglaterra até então: o cheiro. Não havia alho, não havia poeira e o perfume era pouquíssimo. Neste vagão, no momento, o que se sentia era o cheiro de sufoco e de frio, o cheiro sulfuroso dos trens; o cheiro de sabão e um outro, muito desagradável, que ela supunha vir da gola de pelos da mulher robusta que havia se sentado a seu lado. Pilar fungou aos poucos e, com relutância, inalou o odor de naftalina. Que cheiro estranho para a pessoa passar nas roupas, pensou.

Um apito soou, uma voz extremamente forte berrou alguma coisa e o trem se sacudiu para sair aos poucos da estação. Haviam partido. Ela estava a caminho...

Seu coração acelerou. Será que daria certo? Será que conseguiria cumprir o que havia se proposto? É claro, é claro, ela havia planejado tudo meticulosamente. Estava preparada para qualquer eventualidade. Ah, sim, ela ia conseguir. Precisava conseguir.

A curva dos lábios vermelhos de Pilar virou-se para cima. De repente aquela boca pareceu cruel. Cruel e gananciosa como os lábios de uma criança ou de um gatinho: uma boca ciente apenas dos próprios desejos e que ainda não conhecia a piedade.

Olhou em volta com a curiosidade sincera de uma criança. Todas aquelas sete pessoas. Como eram engraçados esses ingleses! Todos pareciam tão ricos, tão prósperos. Aquelas roupas, aquelas botas... Ah! De que a Inglaterra era uma nação rica, como ela sempre ouvira dizer, não havia dúvida. Mas eles estavam longe de serem felizes. Não, decididamente não eram felizes.

Havia um homem muito bonito de pé no corredor... Pilar o achou muito bonito. Ela gostou do rosto profundamente bronzeado, do nariz alto e dos ombros retangulares. Mais veloz do que qualquer garota inglesa, Pilar percebera que o homem a admirava. Ele não havia olhado diretamente para ela nem uma vez, mas ela sabia muito bem o quanto a havia observado e como.

Ela registrou os fatos sem muito interesse nem emoção. Pilar vinha de um país em que homens olharem para mulheres era rotineiro, e nem disfarçavam. Ela questionou se ele seria inglês e concluiu que não.

"Ele é muito vivaz, muito real para ser inglês", pensou Pilar. "Ainda assim, é honesto. É *americano*, quem sabe." Ele, imaginou ela, lembrava muito os atores que havia visto em filmes de faroeste.

Um cabineiro abriu caminho pelo corredor.

"Primeira chamada para o almoço, por favor. Primeira chamada para o almoço. Tomem os assentos para o almoço, primeira chamada."

Os sete ocupantes do vagão de Pilar tinham vales para a primeira chamada. Eles se ergueram como se fossem um corpo só e de repente o vagão ficou deserto e tranquilo.

Pilar rapidamente fechou a janela que havia sido aberta alguns centímetros por uma senhora grisalha de aspecto combativo no canto oposto. Depois, se espalhou bem à vontade no assento e espiou pela janela, conferindo os subúrbios ao norte de Londres. Não olhou ao ouvir a porta deslizar mais uma vez. Era o homem do corredor, e Pilar soube que ele havia entrado no vagão com o propósito de conversar com ela.

Ela continuou olhando pela janela, pensativa.

— Gostaria de abrir um pouco a janela? — perguntou Stephen Farr.

— Pelo contrário. Acabei de fechá-la — respondeu Pilar, recatada.

Seu inglês era perfeito, mas carregava um leve sotaque.

Durante a pausa que se seguiu, Stephen pensou: "Que voz deliciosa. Uma voz que tem sol... Cálida como uma noite de verão..."

Pilar pensou: "Gostei da voz. Tão forte, tão potente. Ele é atraente... sim, atraente mesmo."

— O trem está tão cheio — disse Stephen.

— Oh, de fato. Acho que as pessoas fogem de Londres de tão escura que a cidade é.

A educação de Pilar não a havia levado a crer que era errado conversar com homens em trens. Ela sabia cuidar muito bem de si mesma como qualquer moça, mas não tinha tabus rigorosos.

Se Stephen houvesse sido criado na Inglaterra, talvez se sentisse pouco à vontade de engatar conversa com uma jovem. Mas ele era uma alma simpática, que achava natural conversar com quem quer que fosse, se a pessoa assim quisesse.

Ele sorriu sem qualquer constrangimento e disse:

— Londres é horrenda, não é?

— Oh, é sim. Não gosto nem um pouco.

— Eu também não.

— O senhor não é inglês, é? — perguntou Pilar.

— Sou britânico, mas venho da África do Sul.

— Ah, entendi. Isso explica.

— A senhorita vem do exterior?

Pilar assentiu.

— Da Espanha.

Stephen ficou interessado.

— Da Espanha, é? Então é espanhola?

— Sou meio espanhola. Minha mãe era inglesa. Por isso que falo bem o idioma.

— E quanto a esta guerra? — perguntou Stephen.

— É terrível, devo dizer. Muito triste. Houve estragos, muitos estragos, sim.

— De que lado a senhorita está?

A posição política de Pilar era um tanto quanto vaga. No vilarejo de onde vinha, explicou, ninguém havia dado muita atenção à guerra.

— Não chegou até lá, sabe. O prefeito, é claro, é funcionário do governo, logo o apoia, enquanto o padre apoia o General Franco. Mas a maioria das pessoas está ocupada com os vinhedos ou com as lavouras, por isso não tem tempo para pensar nessas questões.

— Então não houve conflitos por perto?

Pilar disse que não.

— Mas depois — explicou ela — atravessei o país de carro e vi muita devastação. Pois é, vi uma bomba cair e explodir um carro... E outra que destruiu uma casa. Foi muito emocionante!

Stephen Farr deu um sorriso levemente desconcertado.

— Então foi essa a sua impressão?

— Foi um estorvo também. Porque eu queria seguir em frente e o motorista do meu carro foi morto.

Olhando para ela, Stephen perguntou:

— E você não ficou nem incomodada?

Os grandes olhos pretos de Pilar se arregalaram.

— Todos têm que morrer! É assim que as coisas são, não é? Mesmo que tenha vindo ligeiro do céu e... Cabum!... Não faria diferença se fosse de outro jeito. Pois é, uma hora a pessoa está viva, e na outra está morta. É assim nesse mundo.

Stephen Farr riu.

— Não creio que seja pacifista.

— Não crê que eu seja o quê? — Pilar parecia confusa com uma palavra que ainda não havia adentrado seu vocabulário.

— A *señorita* perdoa os inimigos?

Pilar fez que não.

— Não tenho inimigos. Mas, se tivesse...

— Se tivesse?

Ele a observava com fascínio renovado por aquela boca meiga, cruel e curvada para o alto.

Pilar falou em tom sério:

— Se eu tivesse um inimigo... se alguém me odiasse e eu odiasse a pessoa... eu degolaria meu inimigo *assim*...

Ela fez uma encenação bastante explícita.

O gesto foi tão veloz e tão bruto que Stephen Farr foi pego de surpresa.

— Que moça sanguinária!

Pilar perguntou sem rodeios:

— O que o senhor faria com um inimigo?

Ele a encarou e depois riu alto.

— Boa pergunta... — disse ele. — O que eu faria?

— Mas é claro que o senhor sabe — retrucou Pilar em tom reprovador.

Ele conteve a risada, inspirou fundo e falou em voz baixa:

— Sei, sim...

Então, com uma veloz mudança de assunto, perguntou:

— O que a traz à Inglaterra?

Pilar respondeu com certa modéstia:

— Vim ficar com minha família, com parentes ingleses.

— Entendi.

Ele se recostou no assento, analisando-a. Perguntou-se como seriam esses parentes ingleses de quem ela falava. Perguntou-se o que achariam desta espanhola estranha... tentou imaginá-la no meio de uma família britânica sisuda durante o Natal.

— A África do Sul é bonita? — perguntou Pilar.

Ele começou a contar da África do Sul. Ela ouviu com a atenção deslumbrada de uma criança a quem se conta uma história. Ele gostou das perguntas ingênuas, mas astutas, e se divertiu ao criar uma espécie de conto de fadas em torno do país.

O retorno dos devidos ocupantes do compartimento deu fim à distração. Ele se levantou, sorriu para os olhos dela, e voltou ao corredor.

Enquanto se demorou no vão da porta, esperando uma senhora de idade entrar, seus olhos recaíram sobre a etiqueta da maleta de vime de Pilar, evidentemente estrangeira. Ele leu o nome com muita atenção: *Miss Pilar Estravados.* Depois seus olhos captaram o endereço e se arregalaram com incredulidade e alguma outra sensação: *Gorston Hall, Longdale, Addlesfield.*

Ele fez um meio giro e olhou para a moça com expressão renovada: perplexidade, ressentimento, desconfiança... Ficou no corredor, fumando um cigarro e de cenho franzido...

III

Sentados na larga sala de estar de Gorston Hall, decorada em tons azuis e dourados, Alfred Lee e sua esposa Lydia discutiam planos para o Natal. Alfred era um homem de meia-idade com porte robusto, rosto afável e olhos castanho-claros. Quando falava, sua voz era baixa e precisa, com pronúncia muito clara. A cabeça era afundada nos ombros e ele passava a curiosa impressão de inércia. Lydia, sua esposa, era uma mulher vigorosa e esguia como um galgo. Era de uma magreza espantosa, mas cada um de seus movimentos era gracioso de uma forma ligeira e inesperada.

Não havia beleza no seu rosto abatido e descuidado, mas havia distinção. Sua voz era encantadora.

— Papai insistiu e é isto! — disse Alfred.

Lydia controlou um gesto de afobação e argumentou:

— Você sempre tem que ceder a seu pai?

— Ele é muito velho, querida...

— Ah, eu sei... Eu sei!

— Ele quer as coisas ao seu modo.

— Óbvio que quer, dado que sempre conseguiu! — retrucou Lydia em tom áspero. — Mas, Alfred, em algum momento você terá que se impor.

— O que quer dizer, Lydia?

Ele ficou a encarando, contrariado e chocado, de modo tão palpável que, por um instante, ela mordeu o lábio e pareceu em dúvida se devia prosseguir.

— O que quer dizer, Lydia?

Com ombros finos e altivos, ela fez um movimento de desdém. Tentando escolher as palavras com cautela, disse:

— Seu pai tem uma... tendência... a ser tirano...

— Ele é velho.

— E vai ficar mais velho ainda. E, consequentemente, mais tirano. Onde vai parar? Ele já decide tudo na nossa vida. Não podemos fazer um plano sequer que seja só nosso! Quando fazemos, fica sempre suscetível a ser arrasado por ele.

— Papai espera ser nossa prioridade — disse Alfred. — Lembre-se de que ele é muito caridoso conosco.

— Oh! Caridoso.

— *Muito* caridoso conosco.

Alfred falou com um quê de severidade. Lydia falou com toda a calma:

— Financeiramente, você diz?

— Sim. As vontades dele são muito simples. Mas ele nunca resiste em relação a dinheiro. Você pode gastar o que quiser em vestidos e na casa, as contas são pagas sem um pio. Ele nos deu um carro novo na semana passada.

— No que diz respeito a dinheiro, admito que seu pai é muito generoso — disse Lydia. — Mas, em troca, ele espera que sejamos escravos.

— Escravos?

— Foi a palavra que usei. Você *é* escravo dele, Alfred. Se planejamos viajar e, de uma hora para a outra, seu pai não quer que viajemos, você cancela os planos e fica em casa, sem dar um pio! Se dá na veneta dele nos mandar viajar, nós viajamos... Não temos vida própria. Não temos independência.

O marido, aflito, disse:

— Não queria que você falasse assim, Lydia. É muita ingratidão. Papai fez tudo por nós...

Ela mordeu os lábios para controlar uma réplica que estava prestes a sair. Deu de ombros mais uma vez.

— Veja bem, Lydia, aquele homem tem carinho por você — disse Alfred.

— Não tenho esse carinho por ele — respondeu Lydia, com toda clareza e distinção.

— Fico incomodado quando ouço você falar assim, Lydia. É tão indelicado...

— Pode ser. Mas às vezes se tem uma compulsão por falar a verdade.

— Se papai soubesse...

— Seu pai sabe muito bem que não gosto dele! Aliás, acho que ele até gosta disso.

— Ora, Lydia, tenho certeza de que agora está errada. Ele me falou várias vezes de como você é encantadora.

— É claro que sempre fui cortês. E sempre vou ser. Só quero que você saiba o que penso de verdade. Não gosto do seu pai, Alfred. Acho que é um velho malicioso e tirano. Ele se aproveita de você. Você devia ter se imposto há anos.

— Agora chega, Lydia. Por favor, não fale mais — falou Alfred, ríspido.

Ela soltou um suspiro.

— Desculpe. Talvez eu esteja errada... Vamos falar dos nossos planos para o Natal. Você acha que seu irmão David virá mesmo?

— Por que não viria?

Ela fez uma negativa com a cabeça, desconfiada.

— David é... esquisito. Não entra na casa há anos, como você sabe. Era tão dedicado à mãe... Ele sente alguma coisa por esta casa.

— David sempre irritou papai — disse Alfred — com suas músicas, seu jeito sonhador. Papai talvez tenha sido, certas vezes, muito ríspido com ele. Mas creio que David e Hilda virão, sim. Afinal, é Natal.

— Paz e boa vontade — disse Lydia. Sua boca delicada fez uma curva de ironia. — Mas será mesmo? Bom, George e Magdalene vêm. Disseram que devem chegar amanhã. Imagino que Magdalene ficará entediadíssima.

Alfred falou em tom um tanto incomodado:

— Não consigo entender como meu irmão George se casou com uma moça vinte anos mais nova! George sempre foi um imbecil!

— Ele tem uma carreira bem-sucedida. Os eleitores gostam. Creio que Magdalene lhe dá um grande suporte na política.

— Da minha parte, acho que não gosto muito dela — falou Alfred sem pressa. — É muito atraente, sim, mas às vezes creio que ela lembra aquelas peras bonitas: rosadas, com aquela aparência lustrosa... — Ele fez não com a cabeça.

— E podres por dentro? — perguntou Lydia. — Que curioso você falar assim, Alfred!

— Por que curioso?

— Porque, geralmente, você tem uma alma tão carinhosa. É raro dizer uma palavra grosseira a respeito de quem quer que seja. Às vezes me incomodo com você por não ser tão... ah, como dizer?... por não ser desconfiado o bastante. Por falta de vivência!

O marido sorriu.

— O mundo, como eu sempre digo, é você quem faz.

— Não! — retrucou Lydia, ríspida. — O mal não está nos olhos de quem vê. O mal existe! Parece que *você* não tem consciência do mal que existe no mundo. Eu tenho. Consigo senti-lo. Sempre senti... bem aqui nesta casa...

Ela mordeu o lábio e se virou.

— Lydia... — chamou Alfred.

Mas ela ergueu uma mão para ele não falar e pregou os olhos em algo acima do ombro do marido. Alfred virou-se.

Havia um homem de tez escura e rosto limpo parado em tom respeitoso.

— O que foi, Horbury? — indagou Lydia, com rispidez.

A voz de Horbury era baixa, não passava de balbucio de deferência.

— É Mr. Lee, senhora. Ele pediu para avisar que teremos mais dois hóspedes no Natal, e perguntou se poderia preparar quartos para os dois.

— Mais dois? — perguntou Lydia.

— Sim, senhora — respondeu Horbury em tom suave. — Outro cavalheiro e uma dama.

— Uma dama? — perguntou Alfred, expressando dúvida.

— Foi o que Mr. Lee disse, senhor.

— Vou subir para falar com ele... — sugeriu Lydia.

Horbury deu um pequeno passo, um espectro de um movimento, mas automaticamente deteve o ímpeto veloz de Lydia.

— Peço desculpas, senhora, mas Mr. Lee está tirando seu descanso vespertino. Ele pediu especificamente para não ser perturbado.

— Entendo — disse Alfred. — Claro que não o perturbaremos.

— Obrigado, senhor.

Horbury se retirou.

— Como detesto este homem! — comentou Lydia com veemência. — Ele fica se esgueirando pela casa como se fosse um gato! Nunca se ouve quando chega nem quando sai.

— Também não gosto muito dele. Mas ele entende da função. Não é fácil conseguir um bom cuidador. E papai gosta dele, isso é o que importa.

— Sim, como você diz: isso é o que importa. Alfred, que história é essa de dama? Qual dama?

O marido fez que não com a cabeça.

— Nem imagino. Não consigo nem pensar quem poderia ser.

Eles ficaram se olhando. Então Lydia falou, com uma torção repentina na boca expressiva:

— Sabe o que eu acho, Alfred?

— O quê?

— Acho que seu pai anda entediado. Acho que ele está planejando uma distração de Natal só para si.

— Trazendo dois estranhos para uma reunião de família?

— Ah! Não sei os detalhes... Mas imagino que seu pai esteja querendo... se divertir.

— Espero que ele tenha *alguma* diversão — disse Alfred, sério. — Pobre velho, entrevado com aquela perna, inválido... Depois da vida de aventuras que teve.

— Depois da... vida de aventuras que teve — repetiu Lydia, devagar.

A pausa que ela fez antes da expressão deu um significado especial, embora obscuro, à frase. Alfred aparentemente sentiu. Ele corou e pareceu ficar um tanto chateado.

Ela desatou a falar de repente:

— O que não entendo é como ele foi ter um filho como você! Vocês são polos opostos! E você é fascinado pelo homem! Você o venera!

— Não está exagerando um pouco, Lydia? — respondeu Alfred sem qualquer vestígio de aborrecimento. — Eu diria que é natural um filho amar o pai. O contrário seria contra a natureza.

— Neste caso, a maior parte desta família é justamente isso: contra a natureza! — comentou ela. — Ah, mas não vamos discutir! Peço desculpas. Sei que o magoei. Garanto que não era o que eu queria, Alfred. Eu o admiro muito pela sua... sua... *fidelidade.* Lealdade é virtude rara hoje em dia.

Digamos que... eu tenha ciúmes? As mulheres deviam ter ciúmes das sogras. Por que não, neste caso, dos sogros?

Ele colocou um braço sobre os ombros dela, delicadamente.

— Às vezes você fala sem pensar, Lydia. Não há motivo para ter ciúmes.

Ela lhe deu um beijo rápido de remorso, um afago delicado na ponta da orelha.

— Eu sei. De qualquer modo, Alfred, não creio que teria uma pontinha de ciúmes da sua mãe. Gostaria de tê-la conhecido.

— Pobre criatura que era.

A esposa olhou para ele com interesse.

— Então, era isso que ela lhe parecia? Uma pobre criatura? Que interessante.

Com ar distante, ele respondeu:

— Lembro dela quase sempre doente... Muitas vezes às lágrimas... — Ele negou com a cabeça. — Faltava-lhe vigor.

Ainda olhando para ele, ela balbuciou com toda a suavidade:

— Que estranho...

Mas quando ele voltou um olhar questionador à esposa, ela fez um não rápido com a cabeça e mudou de assunto.

— Já que não querem que saibamos quem serão os hóspedes misteriosos, vou lá terminar meu jardim.

— Está muito frio, querida. Um vento cortante.

— Vou me agasalhar.

Ela saiu da sala. Alfred Lee, sozinho, ficou alguns minutos sem se mexer, franzindo o rosto para si mesmo, e depois foi até o janelão na ponta da sala. Do lado de fora, havia uma varanda que acompanhava toda a extensão da casa. Foi ali que, passado algum tempo, ele viu Lydia emergir, carregando um cesto e vestindo um grande poncho. Ela soltou a cesta e começou a trabalhar em uma bacia de pedra quadrada que pouco se elevava do piso.

O marido ficou um tempo observando-a. Depois, deixou a sala, pegou um casaco e um cachecol e saiu por uma porta lateral que dava no quintal. Conforme andava, passou por vários vasos de pedra com arranjos que lembravam jardins em miniatura, todos produtos dos dedos hábeis de Lydia.

Um representava uma cena do deserto com areia fina e amarelada, um tufo de palmeiras verdes em estanho pintado e uma procissão de camelos com um ou dois bonequinhos que representavam árabes. Algumas casas primitivas de argila foram construídas com plasticina. Havia um jardim italiano composto de calçadas e canteiros tradicionais com flores feitas de cera colorida. Havia um cenário ártico também, com aglomerados de vidro verde para icebergs e um amontoadinho de pinguins. O seguinte tinha um jardim japonês com belos *bonsais*, um espelho fazendo as vezes de água e pontes modeladas em plasticina.

Ele chegou onde ela estava. Lydia havia deixado um papel azul como base e o cobria com vidro. Em volta, havia montinhos de cascalho empilhado. Naquele momento, ela estava despejando seixos granulados de uma sacolinha e desenhando uma praia. Entre as rochas, viam-se pequenos cactos.

— Isso, isso mesmo. Exatamente como eu queria — balbuciava Lydia consigo.

— Qual é a última obra de arte?

Ela se assustou, pois não havia ouvido ele chegar.

— Isso? Ah, é o Mar Morto, Alfred. Gostou?

— Bem árido, não? Não deveria haver mais vegetação?

Ela fez que não.

— É a visão que tenho do Mar Morto. O qual, veja bem, *está morto*...

— Não me atraiu tanto quanto os outros.

— Não é feito para ser atraente.

Passos ressoaram pela varanda. Um mordomo velho, de cabelos brancos e levemente curvado, vinha na direção deles.

— Mrs. George Lee está ao telefone, madame. Ela pergunta se convém que ela e Mr. George cheguem às 17h20 de amanhã.

— Convém, sim, diga que está bem.

— Obrigado, madame.

O mordomo saiu com pressa. Lydia olhou para ele com expressão suave.

— Meu caro e velho Tressilian. Sempre de prontidão! Não imagino o que faríamos sem esse homem.

Alfred concordou.

— Ele é da velha guarda. Está conosco há quase quarenta anos. É apegado a todos nós.

Lydia assentiu.

— Sim. Ele lembra os velhos criados da literatura. Creio que mentiria até ficar roxo se fosse para defender alguém da família!

— Creio que sim... É, creio que mentiria.

Lydia alisou a última parte dos seixos.

— Terminei — disse ela. — Está pronto.

— Pronto? — Alfred pareceu confuso.

Ela riu.

— Para o Natal, seu bobo! Para este Natal sentimental em família que vamos passar.

IV

David leu a carta. Em seguida, amassou-a até formar uma bola e jogou longe. Depois esticou o braço para pegá-la, desamassou-a e leu de novo.

Silenciosa, sem dizer uma palavra, sua esposa Hilda observava. Ela percebeu o músculo (ou será que era um nervo?) se contraindo na têmpora, o leve tremor das mãos compridas e delicadas, os movimentos espasmódicos por todo o corpo. Quando arrumou a mecha de cabelo claro que tinha mania de se desgarrar e cair na testa e, com olhos azuis convidativos, olhou para a esposa, ela estava preparada.

— Hilda, o que faremos?

Hilda hesitou por um minuto antes de falar. Ouvira o tom de súplica na voz dele. Sabia como o marido era dependente dela. Como sempre fora, desde o casamento. Sabia que poderia muito bem influenciar a decisão dele de modo definitivo. Era justamente por esse motivo que ela teve cautela antes de proferir qualquer coisa.

Ela se pronunciou, e sua voz tinha aquele tom calmo, apaziguador, que se ouve de uma babá tarimbada:

— Depende de como você se sente, David.

Era uma mulher corpulenta, Hilda. Não era belíssima, mas tinha algo de magnético. Algo que lembrava um quadro holandês. Algo de cálido e cativante no timbre da voz. Certa força: a força vital oculta que atrai a fraqueza. Uma mulher de meia-idade atarracada e extremamente robusta. Não era inteligente, não era genial, mas tinha *algo* ali que não havia como ignorar. Potência! Hilda Lee tinha potência!

David levantou-se e começou a andar de um lado para o outro. Seu cabelo era praticamente intocado por fios grisalhos. Tinha uma aparência estranhamente juvenil. Seu rosto tinha os traços suaves de um cavaleiro de Burne-Jones. De certo modo, não era tão real...

— Você sabe como me sinto, Hilda. Tem que saber — disse, com voz melancólica.

— Não tenho certeza.

— Mas eu já disse. Disse várias vezes! Como odeio tudo que há por lá: a mansão, aquela região, tudo! Não me traz nenhuma lembrança que não seja de desgraça. Odiei cada instante que vivi naquele lugar! Quando penso nisso... Em tudo que *ela* sofreu... Minha mãe...

A esposa assentiu em solidariedade.

— Ela era tão meiga, Hilda, e tinha tanta paciência. Ficava lá, deitada, geralmente com dor, mas aguentando... aguentando tudo. E quando penso no meu pai — o rosto dele ficou mais sombrio —, trazendo tanta desgraça à vida dela, humilhando-a, gabando-se de seus casos... da infidelidade constante, de nunca se dar ao trabalho de esconder.

— Ela não devia ter aceitado. Devia tê-lo abandonado — respondeu Hilda Lee.

— Ela era boa demais para fazer uma coisa dessas — respondeu ele, em tom de reprovação. — Achava que tinha o dever de ficar. Além disso, era a casa dela. Para onde iria?

— Ela podia ter conquistado vida própria.

— Não naqueles tempos! — retrucou ele com impaciência. — Você não entende. As mulheres não eram assim. Elas aturavam. Suportavam com paciência. Ela precisava pensar em nós. Mesmo que se divorciasse do meu pai, o que teria acontecido? Provavelmente ele se casaria de novo. Podia ter uma segunda família. Tudo que *tínhamos* podia ir a pique. Ela precisava pensar em tudo isso.

Hilda não respondeu.

David prosseguiu:

— Não, ela fez o certo. Era uma santa! Aguentou até o final, sem reclamar.

— Nem tanto, David, senão você não saberia!

— Sim, ela me contou coisas... — reconheceu ele, com tom suave, mas o rosto inflamado. — Ela sabia como eu a amava. Quando morreu...

Ele parou de falar. Alisou o cabelo.

— Foi terrível, Hilda! Foi um horror! Ela estava desolada! Era tão nova, ela *não devia* ter morrido. *Ele* a matou. Foi meu pai! Ele foi o responsável pela morte dela. Ele partiu o coração de minha mãe. Resolvi que não ia mais morar sob o mesmo teto. Rompi com tudo e todos... Fugi.

Hilda assentiu.

— Você foi muito sagaz — comentou ela. — Era a coisa certa a fazer.

— Papai queria que eu trabalhasse com ele. Aí eu teria que morar na mesma casa que ele. Eu não ia aguentar. Não sei como Alfred aguenta... Como ele suporta há tantos anos.

— Ele nunca se rebelou? — perguntou Hilda, um tanto interessada. — Achei que você havia me dito que ele pensou em outra carreira e desistiu.

David assentiu.

— Alfred ia para o Exército. Papai que conseguiu tudo. Alfred era o mais velho e entraria para um regimento da cavalaria, Harry assumiria os negócios e eu também. George entraria na política.

— E não foi o que aconteceu?

David fez que não.

— Harry acabou com tudo! Ele sempre foi desvairado. Contraiu dívidas e todo tipo de encrenca. Certo dia, fugiu com centenas de libras que não eram dele e deixou só uma carta, dizendo que uma cadeira de escritório não era do seu feitio e que ia conhecer o mundo.

— E nunca mais tiveram notícias?

— Ô se tivemos! — David riu. — Tínhamos com frequência! Ele estava sempre mandando cabogramas, pedindo dinheiro, de todas as partes do mundo. E geralmente recebia!

— E Alfred?

— Papai o mandou descartar o Exército, voltar para casa e assumir os negócios.

— E ele reclamou?

— Muito, no início. Ele odiava. Mas papai sempre conseguiu manter Alfred à rédea curta. Creio que ainda come na mão dele.

— E você... fugiu!

— Fugi. Fui para Londres estudar pintura. Papai disse que se eu me metesse numa tolice dessas, receberia apenas uma mesadinha enquanto ele fosse vivo e nada depois que falecesse. Falei que não me importava. Ele me chamou de jovem tolo. Ficamos nisso! Nunca mais o vi.

— E não se arrepende?

— Não, mesmo. Sei que nunca vou chegar a lugar algum com a minha arte. Nunca serei um grande artista, mas estamos felizes aqui nesta choupana. Temos tudo que queremos, tudo que é essencial. E, se eu morrer, bom, tenho o seguro de vida em seu nome.

Ele fez uma pausa, depois falou:

— E agora: *isto!*

Ele bateu na carta com a mão aberta.

— Sinto muito por seu pai ter lhe escrito esta carta, se o incomoda tanto...

David prosseguiu como se não a tivesse ouvido.

— Pedindo que eu leve minha esposa, expressando a vontade de estarmos todos juntos no Natal! A família reunida! O que será que ele quer dizer?

— Teria que ser algo além do que diz na carta? — perguntou Hilda.

Sem entender direito, ele a encarou.

— É que seu pai está ficando velho — disse ela, sorrindo. — Está começando a ficar emotivo quanto aos laços de família. Isso acontece, sabe?

— Imagino que aconteça — falou David devagar.

— Ele é um homem de idade e está solitário.

Ele se voltou para ela depressa.

— Você quer que eu vá, não é, Hilda?

— Acho que é uma lástima... não responder a uma súplica — ponderou ela com toda a calma. — Ouso dizer que sou antiquada, mas por que não temos paz e boa vontade no Natal?

— Depois de tudo que lhe contei?

— Eu sei, querido, eu sei. Mas isso ficou no *passado*. O que passou, passou.

— Não para mim.

— Não, mas só *porque você não deixa isso morrer*. Fica mantendo o passado vivo na mente.

— Não consigo esquecer.

— Você *não vai* esquecer. É isso que você quer dizer, David.

Seus lábios formaram uma linha reta.

— Nós, os Lee, somos assim. Lembramos por anos: ficamos remoendo, mantemos as memórias sempre ativas.

Hilda falou com um quê de impaciência:

— E isso lá é coisa de que se orgulhar? Eu não acho!

Pensativo e com um quê de reserva na postura, David olhou para ela.

— Então você não atribui tanto valor à lealdade? Lealdade a uma lembrança? — perguntou ele.

— Eu acredito que o *presente* importa. Não o passado! O passado tem que passar. Quando deixamos o passado vivo, creio que o *distorcemos.* Acabamos exagerando nossas percepções, criando uma perspectiva falsa.

— Consigo me lembrar de cada palavra e de cada incidente daquela época com perfeição — disse David, com ardor.

— Sim, mas *não deveria*, querido! Não é natural! Você está aplicando o juízo de um garoto àqueles tempos, em vez de contemplá-los com a visão de um homem.

— Que diferença faria? — questionou David.

Hilda hesitou. Estava ciente de que era imprudente prosseguir. Ainda assim havia coisas que queria muito dizer.

— Acho que você está tratando seu pai como um *bicho-papão!* Se fosse vê-lo agora, provavelmente perceberia que ele não passa de um sujeito banal; um homem que, quem sabe, se deixou levar pelas paixões, um homem cuja vida estava longe de ser irreprochável, mas ainda assim um *homem.* Não um monstro desumano!

— Você não entende! O jeito como ele tratou minha mãe...

Hilda respondeu, séria:

— Há certo tipo de mansidão... de submissão... que extrai o pior de um homem... por outro lado, esse mesmo homem, quando em frente a vigor e determinação, pode ser uma criatura diferente!

— Então você diz que foi culpa dela...

Hilda o interrompeu.

— Não, claro que não! Não tenho dúvida de que seu pai maltratava muito sua mãe, mas o casamento é uma coisa extraordinária... e duvido que qualquer pessoa de fora, mesmo um filho deste casamento, tenha direito de julgar. Além disso, toda essa sua mágoa não faz nenhuma diferença para sua mãe. Isso é coisa que *passou*. Ficou para trás! O que sobrou é um velho, de saúde debilitada, pedindo ao filho que volte para casa no Natal.

— E você quer que eu vá?

Hilda hesitou, mas de repente se decidiu.

— Quero. Quero que você vá e deixe esse bicho-papão para lá de uma vez por todas.

V

George Lee, parlamentar pelo distrito de Westeringham, era um senhor um tanto quanto corpulento de 41 anos. Seus olhos eram azuis-claros, levemente destacados, e tinham uma expressão de desconfiança. Tinha um queixo pesado, além da elocução lenta e pedante.

Era ele quem falava, ponderado:

— Já falei, Magdalene. Acredito que tenho o *dever* de ir.

A esposa deu de ombros, impaciente.

Era uma criatura esguia, uma loira platinada com sobrancelhas delineadas e rosto oval e liso. O semblante, vez por outra, ficava totalmente insípido, desprovido de qualquer expressão. Como estava agora.

— Meu bem — disse ela —, tenho certeza de que será péssimo.

— No mínimo — continuou George Lee, e seu rosto se iluminou conforme uma ideia atraente lhe ocorreu —, vamos economizar uma enormidade. O Natal sempre é período de gastos. Podemos reduzir o salário da criadagem.

— Ah, que seja, então! Afinal de contas, Natal é péssimo em qualquer lugar!

— Imagino — comentou George, seguindo a própria linha de raciocínio — que queiram fazer um jantar de Natal, certo? Uma boa peça de carne vermelha, quem sabe, em vez de peru.

— Quem? A criadagem? Ora, George, não se apoquente. Você está sempre preocupado com dinheiro.

— Alguém tem que se preocupar.

— Sim, mas é absurdo ficar de mesquinharia com qualquer coisinha. Por que não manda seu pai lhe dar mais dinheiro?

— Ele já me dá uma mesada bem considerável.

— É um terror ser totalmente dependente do pai como você. Ele devia lhe entregar sua parte de uma vez.

— Não é assim que ele faz as coisas.

Magdalene olhou para o marido. De repente, seus olhos claros ficaram afiados e penetrantes. O rosto oval e sem expressão de repente mostrou propósito.

— Ele é riquíssimo, não é, George? Quase milionário, não é?

— Duas vezes milionário, creio eu.

Magdalene deu um suspiro de inveja.

— Como ele conseguiu o dinheiro? Na África do Sul, não foi?

— Sim, foi lá que ele conseguiu uma grande fortuna quando era moço. Diamantes, principalmente.

— Emocionante!

— Depois veio para a Inglaterra, começou os negócios e acredito que a fortuna dobrou ou triplicou.

— O que vai acontecer quando ele morrer?

— Papai nunca falou muito sobre o assunto. E isso não é coisa que se *pergunte*, é claro. Imagino que o grosso do dinheiro fique com Alfred e comigo. Alfred, é evidente, ficará com a maior parte.

— Você tem outros irmãos, não tem?

— Tenho, o David. Não imagino que *ele* vá ficar com grande coisa. Ele foi estudar artes ou outra dessas besteiras. Creio que papai alertou que ia cortá-lo do testamento e David disse que não se importava.

— Que tolo! — falou Magdalene com desprezo.

— Também tínhamos minha irmã, Jennifer. Ela fugiu com um estrangeiro, um artista espanhol. Era amigo de David. Mas ela morreu há pouco mais de um ano. Deixou uma filha, se não me engano. Talvez papai deixe algum dinheiro para ela, mas nada demais. E claro que temos o Harry...

Ele parou de falar, um tanto envergonhado.

— Harry? — indagou Magdalene, surpresa. — Quem é Harry?

— Ah... hum... é meu irmão.

— Não sabia que você tinha outro irmão.

— Querida, nós não... é... o levávamos muito em consideração. Não falamos sobre ele. Sua conduta sempre foi infame. Faz anos que não temos notícias. Deve ter morrido.

Magdalene riu de repente.

— Que foi? Está rindo do quê?

— Só estava pensando em como é engraçado você... *você*, George, ter um irmão infame! Você, um poço de respeito.

— Assim espero — disse George, gélido.

Os olhos dela se estreitaram.

— Seu pai não é... tão respeitável assim, George.

— Oras, Magdalene!

— Às vezes ele diz coisas que não me deixam nada à vontade.

— Oras, você me surpreende. Será que... Lydia acha a mesma coisa?

— Ele não diz as mesmas coisas à Lydia — retrucou Magdalene. Então complementou em tom furioso: — *Não*, com ela ele *nunca* fala assim. E não sei por quê.

George dirigiu um olhar rápido para ela, depois olhou para o lado.

— Enfim — disse ele, absorto. — A pessoa pode se permitir. Na idade de papai... e com a saúde tão fraca...

Ele fez uma pausa.

— Ele está mesmo... doente? — perguntou a esposa.

— Ah, eu não diria *doente*. Ele é osso duro de roer. De qualquer maneira, já que ele quer a família reunida no Natal, acho que estamos certos em ir. Pode ser o último Natal de papai.

— Isso é o que você *diz*, George, porque, na verdade, creio que ele pode viver anos — comentou Magdalene, ríspida.

Um tanto surpreso, o marido gaguejou:

— Sim… sim, claro que pode.

Magdalene se virou.

— De qualquer forma — ela disse —, acho que estamos agindo certo em comparecer.

— Não tenho dúvida.

— Mas que ódio! Alfred é tão chato. E Lydia me esnoba.

— Não fale absurdos.

— Esnoba, sim. E odeio aquele criado asqueroso.

— O velho Tressilian?

— Não. Horbury. O que fica se esgueirando como um gato, com aquele sorrisinho.

— Olha, Magdalene, não entendo como Horbury possa afetá-la tanto!

— Ele me dá nos nervos, é isso. Mas não vamos nos incomodar. Temos que ir, disso já sei. Não é certo irritar o velho.

— Não… não, a questão é essa. Quanto à ceia de Natal da criadagem…

— Agora não, George. Outra hora. Vou telefonar para Lydia e dizer que chegaremos amanhã às 17h20.

Magdalene deixou a sala a passos firmes. Depois de telefonar, subiu para seu quarto e se sentou em frente à escrivaninha. Abaixou a aba e vasculhou dentre os escaninhos. Cascatas de contas começaram a desabar. Magdalene repassou todas, tentando botá-las em ordem. Ao fim, com um suspiro impaciente, fez um fardo com todas e jogou no nicho de onde haviam saído. Passou a mão pelo cabelo liso e platinado.

— O que é que vou fazer? — balbuciou.

VI

No primeiro andar de Gorston Hall, um corredor comprido levava a um grande cômodo que tinha vista para a entrada da propriedade. Era um salão mobiliado com o mais berrante e antiquado dos estilos. Tinha um papel de parede de brocado chamativo, poltronas de couro opulento, vasos grandes com dragões em relevo, esculturas de bronze... Tudo era suntuoso, caro e robusto.

Na grande e antiquada poltrona, maior e mais imponente do que todos os assentos, estava a silhueta fina e murcha de um idoso. Suas mãos compridas em garra descansavam nos braços da cadeira. Uma bengala guarnecida com ouro ficava ao seu lado. Ele vestia um roupão azul gasto. Nos pés, pantufas. Seu cabelo era branco, e a pele do rosto, amarelada.

Alguém poderia até considerá-lo uma figura surrada e insignificante. Contudo, o nariz, aquilino e orgulhoso, e os olhos, escuros e intensos, talvez fizessem o observador mudar de opinião. O que se tinha ali era fogo, vida e vigor.

O velho Simeon Lee gargalhou sozinho. Uma risada repentina e alta de quem está contente.

— Mandou minha mensagem a Mrs. Alfred? — perguntou.

Horbury estava parado ao lado da poltrona. Ele respondeu com a voz suave e respeitosa:

— Mandei, senhor.

— Com as exatas palavras que eu disse? Tem certeza?

— Tenho, senhor. Não cometi nenhum erro, senhor.

— Não. Você não comete erros. E é bom que não cometa... ou vai se arrepender! E o que ela disse, Horbury? O que Mr. Alfred disse?

Em silêncio e sem emoção alguma, Horbury repetiu o que havia se passado. O velho gargalhou mais uma vez e esfregou as mãos.

— Esplêndido... Altíssimo nível... Eles devem estar matutando... Devem ter passado a tarde inteira pensando! Esplêndido! Eles podem entrar agora. Vá chamá-los.

— Sim, senhor.

Horbury partiu sem fazer nenhum pio e cruzou o salão até sair.

— E, Horbury...

O velho olhou em volta, depois praguejou.

— O sujeito anda como um gato. Nunca sei onde está.

Ele ficou sentado na cadeira, imóvel, acariciando o queixo com os dedos até ouvir uma batida na porta. Alfred e Lydia entraram.

— Ah, aí estão, aí estão. Sente-se aqui, Lydia, minha cara, sente-se ao meu lado. Você está com um rubor agradável.

— Eu estava lá fora, no frio. As bochechas ficam ardendo.

— Como você está, papai? — perguntou Alfred. — Conseguiu descansar hoje à tarde?

— Um descanso de alto nível, sim, muito bom. Sonhei com os velhos tempos! Antes de eu sossegar o facho e virar um baluarte da sociedade.

Ele gargalhou de repente.

Sua nora ficou sentada, em silêncio, sorrindo por educação.

— Que história é essa, papai, de duas pessoas a mais no Natal? — indagou Alfred.

— Ah, isso! Sim, tenho que lhes contar. Vai ser um Natal grandioso para mim... Grandioso! Deixe-me ver: George vem, assim como Magdalene...

— Sim, eles chegam amanhã às 17h20 — falou Lydia.

— George é um ridículo! — disse o velho Simeon. — Não passa de um falastrão! Mesmo assim, *é* meu filho.

— Os eleitores gostam — comentou Alfred.

Simeon gargalhou de novo.

— Devem achar que é honesto. Honesto! Está para existir um Lee que seja honesto.

— Ora, papai.

— Com exceção de você, meu garoto. Com exceção de você.

— E David? — perguntou Lydia.

— Então... David. Estou curioso para ver o garoto depois de tantos anos. Era todo desmunhecado quando jovem. Como será a esposa? Seja como for, pelo menos *ele* não se casou com uma mocinha vinte anos mais nova, como fez o imbecil do George!

— Hilda escreveu uma carta muito bonita — disse Lydia. — Acabei de receber um telegrama confirmando e dizendo que chegarão amanhã.

O sogro olhou para ela, um olhar aguçado, penetrante. E riu.

— De Lydia nunca vou tirar nada — comentou o velho. — Vou lhe dizer, Lydia: você é uma mulher educada. A formação faz diferença. Disso eu sei muito bem. É uma coisa engraçada, porém, a hereditariedade. Apenas um de vocês puxou a mim... só um em toda a ninhada.

Seus olhos dançaram.

— Agora adivinhem quem vem para o Natal. Vou dar três chances e aposto cinco libras que não sabem a resposta.

Ele olhou de um rosto a outro. Alfred falou com o cenho franzido:

— Horbury disse que o senhor espera uma moça.

— Ficou intrigado, hein? Sim, ouso dizer que foi o que eu falei. Pilar chegará a qualquer instante. Mandei buscarem-na com o carro.

— *Pilar?* — perguntou Alfred, com rispidez.

— Pilar Estravados — respondeu Simeon. — A filha de Jennifer. Minha neta. Estou curioso para ver como será.

— Pelos céus, papai, você nunca me contou... — esbravejou Alfred.

O velho ria.

— Pois então, pensei em guardar segredo! Botei Charlton a corresponder-se e acertar tudo.

— O senhor nunca me disse... — repetiu Alfred, em um tom de voz magoado e reprovador.

O pai continuou com o sorriso perverso:

— Teria estragado a surpresa! Queria saber como será ter sangue jovem sob esse teto mais uma vez. Nunca vi Estravados. A quem será que a menina puxou? A mãe ou o pai?

— O senhor acha seguro, papai? Levando em consideração que...

O velho o interrompeu.

— Segurança! Segurança! Sempre com essa conversa de segurança, Alfred! Sempre! Esse não é o meu jeito! Faz o que tu queres e que te condenes! Para mim, é isso! Aquela moça é minha neta! A única neta nesta família! Não me interessa quem era o pai nem o que fez! Ela é sangue do meu sangue! E vai morar na minha casa.

— Ela vem *morar*? — falou Lydia, ríspida.

Ele disparou um olhar veloz à nora.

— Você se opõe?

Ela fez que não.

— Eu não teria como me opor ao senhor convidar alguém para sua própria casa, não é mesmo? — respondeu, sorrindo. — Não, eu estava me questionando... quanto a ela.

— Quanto a ela? Como assim?

— Se ela seria feliz aqui.

O velho Simeon lançou a cabeça para cima.

— Ela não tem um tostão furado. Deve ficar grata!

Lydia deu de ombros.

Simeon se virou para Alfred.

— Viu? Vai ser um Natal grandioso! Todas as minhas crianças de volta. *Todas* as minhas crianças! Pronto, Alfred, esta é sua pista. Agora adivinhe quem é a outra visita.

Alfred ficou encarando o pai.

— Todos os meus filhos! Adivinhe só, garoto! *Harry,* é claro! Seu irmão Harry!

Alfred havia empalidecido.

— Harry... Harry não... — gaguejou ele.

— Harry em pessoa!

— Mas achávamos que ele havia morrido!

— Mas não morreu!

— O senhor... o senhor vai aceitá-lo aqui? Depois de tudo?

— O filho pródigo, não é? Tem razão. O bezerro gordo! Temos que matar o bezerro gordo, Alfred. Temos que fazer uma recepção grandiosa.

— Ele tratou o senhor... todos nós... de modo deplorável — disse Alfred. — Ele...

— Não há necessidade de listar os crimes! É uma lista muito comprida. Mas Natal é época de perdão, lembram? Que recebamos o pródigo em casa.

Alfred se levantou.

— É um... é um choque — balbuciou. — Nunca sonhei que Harry fosse entrar por essa porta outra vez.

Simeon se curvou para a frente.

— Você nunca gostou dele, não é? — indagou em tom suave.

— Depois do jeito como ele se comportou com o senhor...

Simeon deu uma gargalhada e disse:

— Ah, mas águas passadas não movem moinhos. Esse é o espírito do Natal, não é, Lydia?

Lydia também havia ficado pálida.

— Percebo que o senhor parou mesmo para pensar no Natal deste ano — comentou ela em tom áspero.

— Quero minha família por perto. Paz e boa vontade. Sou um homem de idade. Já vai, meu caro?

Alfred havia saído do salão a passo acelerado. Lydia parou um instante antes de segui-lo.

Simeon apontou com a cabeça para a figura em retirada.

— Ficou incomodado. Ele e Harry nunca se deram bem. Harry gostava de atazanar Alfred. Chamava-o de "Devagar e Sempre".

Os lábios de Lydia se abriram. Ela estava prestes a falar, mas, ao ver a expressão ávida do idoso, se conteve. Ela percebeu que seu autocontrole o decepcionara. Foi ao perceber aquele fato que ela se permitiu abrir a boca.

— A lebre e a tartaruga. Ah, sim, a tartaruga ganha a corrida.

— Nem sempre — disse Simeon. — Nem sempre, minha cara Lydia.

— Com licença, tenho que ir atrás de Alfred — falou ela, ainda sorrindo. — Surpresas assim o incomodam.

Simeon deu uma gargalhada.

— Pois é, Alfred não gosta de mudanças. Sempre foi pacato.

— Alfred é muito dedicado ao *senhor*.

— E você acha isso estranho, não acha?

— Às vezes acho.

Ela saiu do salão. Simeon ficou olhando para ela.

Ele deu uma leve risadinha e esfregou as palmas das mãos.

— Muito bom. Muito bom, mesmo. Vou aproveitar demais esse Natal.

Com muito esforço, ele se colocou de pé e, com a ajuda da bengala, arrastou-se pelo quarto.

Chegou a um grande cofre que havia no canto do cômodo. Girou a combinação. A porta se abriu e, com dedos trêmulos, ele tateou lá dentro.

Tirou uma bolsinha de couro escovado e, ao abrir, deixou uma cascata de diamantes brutos passar pelos dedos.

— Ora, minhas belezinhas, ora... Ainda são as mesmas... ainda são minhas velhas amigas. Aqueles tempos que eram bons... bons tempos... Eles que não vão talhar nem lapidar vocês por aí, minhas amiguinhas. *Vocês* que não vão para pescoço de nenhuma mulher, nem para os dedos, nem vão se pendurar em orelha alguma. Vocês são *minhas*! Minhas velhas amigas! Sabemos de muita coisa, ah, como sabemos. Estou velho, como dizem, e doente, mas não acabado! Tem muita vida nesse cachorro velho. E ainda tem muita diversão nessa vida. Muita diversão...

Capítulo 2

23 de dezembro

Tressilian foi atender a campainha. O repique havia sido anormalmente agressivo e, antes que pudesse completar seu lento avançar pelo corredor, ela soou de novo.

Tressilian ficou todo vermelho. Que jeito grosseiro e impaciente de usar a campainha de um senhor de idade! Se fosse mais uma leva de coristas natalinos, eles iam ouvir uns bons desaforos.

Pelo vidro fosco da metade superior da porta, o mordomo viu uma silhueta: um homem de grande porte usando um chapéu de aba larga. Ele abriu a porta. Tal como havia pensado: um estranho, um espalhafatoso, um vulgar... e que terno escabroso... um escândalo! Um pedinte insolente!

— Ora, ora, se não é Tressilian — disse o estranho. — Como vai, Tressilian?

Tressilian ficou encarando o estranho, respirou fundo e encarou de novo. Aquele queixo insolente e duro, o nariz proeminente, o olhar jovial. Sim, tudo tal como era três anos antes. Os traços eram mais brandos, na época.

— Mr. Harry! — disse, perdendo o fôlego.

Harry Lee deu uma risada.

— Parece que causei um choque. Por quê? Estou sendo esperado, não?

— Sim, senhor, é claro. É claro que está.

— Então por que essa cara de surpresa? — Harry deu um ou dois passos para trás e olhou para a fachada da casa. Uma massa de tijolos robusta, projetada sem imaginação, mas robusta.

— A boa e velha mansão feia de sempre — comentou. — Continua de pé e é isso que importa. Como está meu pai, Tressilian?

— Está praticamente inválido, senhor. Fica no quarto e não sai muito. Mas está ótimo, considerando-se tudo que passa.

— Aquele velhão herege!

Harry Lee entrou, deixou Tressilian tirar seu cachecol e pegar o chapéu um tanto quanto exagerado.

— Como está meu caro irmão Alfred, Tressilian?

— Está muito bem, senhor.

Harry sorriu.

— Ansioso para me ver, hein?

— Assim espero, senhor.

— Eu não! Muito pelo contrário. Aposto que ele teve um susto por eu ter vindo! Alfred e eu nunca nos demos bem. Já leu a Bíblia, Tressilian?

— Ora, sim, senhor. Às vezes, senhor.

— Lembra do retorno do filho pródigo? O irmão bom não gostou, lembra? Ah, mas não gostou mesmo! Pois aposto que o bom Alfred, o que ficou em casa, também não gosta.

Tressilian continuou em silêncio, olhando para baixo. Suas costas retas expressavam contestação. Harry bateu no seu ombro.

— Tome a frente, meu velho. O bezerro gordo me aguarda! Pode me levar direto.

— Se puder vir por aqui até a sala de estar, senhor — balbuciou Tressilian. — Não tenho certeza de onde estão todos... Não conseguiram mandar ninguém buscar o senhor, pois não sabiam o horário da sua chegada.

Harry assentiu. Ele seguiu Tressilian pelo corredor e ficou virando a cabeça para olhar em volta enquanto andavam.

— Tudo em seu devido lugar — comentou ele. — Não creio que tenham mudado uma coisa que seja em vinte anos, desde que fui embora.

Ele seguiu Tressilian até a sala de estar.

— Verei se encontro Mr. ou Mrs. Alfred — murmurou o idoso antes de sair apressado.

Harry Lee havia entrado em marcha na sala e, de repente, parara para encarar a figura sentada no peitoril de uma janela. Seus olhos rondaram o cabelo preto e a pele exótica e sedosa, incrédulos.

— Pelos céus! — disse. — Seria a sétima e mais linda esposa do meu pai?

Pilar desceu da janela e veio na sua direção.

— Eu me chamo Pilar Estravados — anunciou ela. — E você deve ser meu tio Harry, irmão de minha mãe.

— Então é você! A filha da Jenny.

— Por que me perguntou se eu era a sétima esposa do seu pai? Ele teve mesmo seis esposas?

Harry deu uma risada.

— Não, acho que, oficialmente, só teve uma. Bom… Pil… Como é mesmo que se chama?

— Pilar.

— Bom, Pilar, é um susto ver alguém tão resplandecente como você florindo este mausoléu.

— Este… mauso… perdão?

— Esse museu de bonecos empalhados! Sempre achei esta casa abominável! Agora que estou revendo acho mais abominável que nunca!

— Oh, não, é muito bela! — respondeu Pilar, chocada. — E são tantas decorações. Tudo é de muita qualidade e muito, muito rico!

— Nisso você tem razão — disse Harry, sorrindo. Ele olhou para ela, entretido. — Olha, não consigo deixar de me divertir em ver você no meio de…

Ele se interrompeu assim que Lydia entrou na sala, em passo acelerado.

Ela andou direto até ele.

— Como vai, Harry? Sou Lydia, esposa de Alfred.

— Como vai, Lydia? — Ele apertou a mão dela, analisou de relance seu rosto inteligente em movimento e aprovou mentalmente o modo como ela caminhava. Poucas mulheres tinham graça ao se deslocar.

Lydia, por sua vez, também o avaliava.

Ela pensou: "Parece uma pessoa difícil. Mas é atraente. Não ponho minha mão no fogo por ele..."

— O que achou da casa, depois de tantos anos? — Quis saber ela, sorrindo. — Diferente ou praticamente a mesma coisa?

— Praticamente a mesma coisa. — Ele olhou em volta. — Esta sala passou por uma reforma.

— Ah, várias vezes.

— Uma reforma sua, quero dizer. Você a deixou... diferente.

— Sim, assim espero...

Ele sorriu para ela, um sorriso repentino e travesso que a assustou de tanto que lembrava o idoso no andar de cima.

— Agora tem mais classe! Lembro de ouvir que Alfred havia se casado com uma moça cuja família tinha chegado na companhia do Conquistador!

— Creio que tenham chegado — comentou Lydia, com um sorriso. — Mas eles já não têm toda a força daqueles tempos.

— Como vai o velho Alfred? Continua o santinho do pau oco que sempre foi?

— Não faço a menor ideia se você vai achá-lo diferente ou a mesma coisa.

— Como estão os outros? Espalhados pela Inglaterra?

— Não. Todos vieram para o Natal, sabia?

Os olhos de Harry se arregalaram.

— Um reencontro de família no Natal? O que deu no velho? Ele não dava a mínima para isso. Não me lembro de vê-lo dando tanta bola para a família também. Parece que a coisa mudou!

— Talvez. — A voz de Lydia saiu seca.

Pilar ficou encarando com olhões arregalados e interessados.

— Como está o velho George? — perguntou Harry. — O muquirana que sempre foi? Como ele berrava quando tinha que tirar meio pêni do bolso!

— George está no Parlamento — disse Lydia. — Ele é deputado por Westeringham.

— O quê? O Popeye no Parlamento? Por Deus, essa é boa.

Harry jogou a cabeça para trás e deu uma risada.

Foi uma risada forte, vibrante. No espaço fechado da sala, soou descontrolada, bruta. Pilar puxou a respiração com um suspiro. Lydia se encolheu de leve.

Então, ao sentir um movimento atrás de si, Harry interrompeu a risada e se virou de forma brusca. Não havia ouvido ninguém entrar, mas Alfred estava ali, parado e em silêncio. Fitava Harry com uma expressão estranha.

Harry parou por um minuto e um sorriso lento começou a voltar a seus lábios. Deu um passo à frente.

— Ora, é o Alfred!

Alfred assentiu.

— Opa, Harry.

Os dois ficaram se encarando. Lydia prendeu a respiração e pensou: "Que absurdo! Parecem dois cachorros, um olhando o outro."

Os olhos de Pilar se arregalaram ainda mais. Ela pensou consigo: "Que jeito bobo desses dois... Por que não se abraçam? Não, é óbvio que os ingleses não fariam uma coisa dessas. Mas quem sabe *digam* alguma coisa. Por que ficam só se *olhando*?"

— Ora, ora — falou Harry, por fim. — Que engraçado voltar aqui!

— Assim espero... sim. Tantos anos desde que você... partiu.

Harry levantou a cabeça. Passou o dedo pela linha do queixo, num gesto que lhe era habitual e expressava beligerância.

— Pois é. Fico contente que tenha voltado para — ele fez uma pausa para dar mais peso à palavra — *casa*...

II

— Creio que fui um homem muito malvado — disse Simeon Lee.

Ele estava recostado na poltrona. Seu queixo estava erguido e, reflexivo, ele o coçava com um dedo só. À sua frente, uma lareira a plena chama resplandecia e as labaredas dançavam. A seu lado estava sentada Pilar, com um pedaço de papel-machê na mão para proteger o rosto da intensidade da chama. Vez por outra ela usava o papel para se abanar com um movimento suave do punho. Satisfeito, Simeon lhe dirigiu um olhar.

Ele continuava falando, talvez mais consigo do que com a moça, e estimulado pela companhia.

— É verdade. Fui um homem malvado. O que me diz, Pilar?

Pilar deu de ombros.

— Todos os homens são malvados. É o que dizem as freiras. É por isso que se ora por eles.

— Ah, mas eu fui mais malvado que os outros. — Simeon riu. — Não me arrependo, sabia? Não, não me arrependo de nada. Aproveitei a vida... cada minuto! Dizem que a gente se arrepende depois de velho. É um disparate. Eu não me arrependo. E, como lhe disse, já fiz de tudo... cometi todos os pecados! Traí, roubei, menti... Só por Deus! E as mulheres... sempre as mulheres! Outro dia alguém me contou que um sultão árabe tinha quarenta guarda-costas, todos seus filhos, todos praticamente da mesma idade! Arrá! Quarenta! Não sei de quarenta, mas aposto que conseguiria uma boa guarda se saísse procurando os pirralhos por aí! Então, Pilar, o que me diz? Chocada?

Pilar ficou o encarando.

— Não. Por que me chocaria? Homens sempre desejam mulheres. Meu pai também. Por isso esposas costumam ser tão infelizes, por isso vão à igreja e rezam.

O velho Simeon estava franzindo o cenho.

— Eu fiz Adelaide infeliz. — Ele falava quase num sussurro, só para si mesmo. — Senhor, que mulher! Rosada e pálida, das mais belas que há. Era assim quando nos casamos! E depois? Sempre aos prantos, sempre chorando. O homem tem o diabo despertado no corpo quando a esposa não para de chorar... Não tinha brio, esse era o problema dela. Se ao menos houvesse me desafiado! Mas nunca. Nem uma vez. Quando me casei com ela, acreditei que ia sossegar, criar família... que ia cortar os laços com a minha vida de antes...

Sua voz se perdeu. Ele ficou olhando... olhando o cerne brilhoso da lareira.

— Criar família... Meu Deus, que família! — Ele deu uma gaitada estridente e raivosa. — Olhe só essa gente! Olhe essa gente! Nem uma criança... nada para dar continuidade! Qual é o problema deles? Será que não têm meu sangue nas veias? Nem um mísero filho, nem mesmo ilegítimo. Alfred, por exemplo: pelos céus, como Alfred me deixa entediado! Ele fica me olhando com aqueles olhos de cachorrinho. Se dispõe a fazer tudo que peço. Jesus, que imbecil! Já sua esposa, Lydia... De Lydia eu gosto. Ela tem alma. Mas não gosta de mim. Ah, não gosta mesmo. Mas tem que me aguentar por conta daquele paspalho do Alfred. — Ele olhou para a moça ao seu lado na lareira. — Pilar... lembre-se: nada provoca mais tédio do que a devoção.

Ela deu um sorriso em resposta. Ele prosseguiu, acalentado pela presença da feminilidade jovem e forte.

— George? George é o quê? Um boneco! Um bacalhau empalhado! Um falastrão empolado, sem cérebro e sem culhão!

E mão de vaca, ainda por cima! David? David sempre foi um tolo, um tolo sonhador. O filhinho da mamãe, isso é o que ele sempre foi. Única coisa sensata que fez foi casar-se com aquela mulher robusta e agradável. — Ele baixou a mão e deu um baque na beira da poltrona. — O Harry é o melhor! Pobre do Harry, o desviado! Pelo menos tem *vida*!

Pilar concordou.

— Sim, ele é boa pessoa. Ele ri... ele ri alto... e joga a cabeça para trás. Sim, gostei muito dele.

O velho olhou para ela.

— Gostou, Pilar? É mesmo? Harry sempre teve jeito com as moças. Puxou a mim. — Ele começou a rir, uma risadinha ofegante e arrastada. — Tive uma vida boa... uma vida muito boa. Vivi de tudo.

— Na Espanha, temos um provérbio. Diz assim: "*Tome o que quiser e pague depois, assim Deus diz.*"

Simeon bateu com a mão no braço da poltrona, em sinal de aprovação.

— Muito bom. Isso que é bom. Tome o que quiser... Foi o que fiz na minha vida inteira... Tomei tudo que eu quis...

— E pagou pelo que tomou? — indagou Pilar, com a voz alta e clara, repentinamente provocadora.

Simeon parou de rir sozinho. Ele se sentou e a encarou.

— O que foi que você falou?

— Perguntei: o senhor pagou pelo que tomou, vovô?

— Eu... não sei... — respondeu devagar Simeon Lee.

Então, batendo o punho no braço da poltrona, berrou com ira repentina:

— Por que essa pergunta, mocinha? O que a leva a falar assim?

— Eu... só queria saber.

A mão que segurava o papel parou. Seus olhos eram escuros, misteriosos. Ela estava sentada com a cabeça jogada para trás, ciente de si e de sua feminilidade.

— Sua diabinha...

— Mas o senhor gosta de mim, vovô — respondeu, com voz suave. — Gosta que eu fique aqui, sentada com o senhor.

— Sim, gosto — disse Simeon. — Faz muito tempo que não vejo algo tão jovem e tão belo... Me faz bem, aquece meus ossos de velho... E você é sangue do meu sangue... Jennifer fez muito bem. Acabou sendo a melhor, no fim das contas!

Pilar ficou sorrindo.

— Mas preste bem atenção: você não me engana — disse Simeon. — Sei por que está aí, tão paciente, me ouvindo falar sem parar. É o dinheiro... é tudo pelo dinheiro... ou vai fingir que ama seu velho avô?

— Não, não amo. Mas gosto do senhor. Gosto muito. Acredite, pois é verdade. O senhor foi malvado, mas também gosto dessa parte. O senhor é mais verdadeiro do que as outras pessoas nessa casa. E tem coisas interessantes a falar. Viajou e teve uma vida de aventuras. Se eu fosse um homem, também seria assim.

Simeon assentiu.

— Sim, creio que seria... Temos sangue cigano, como sempre se disse. Que não apareceu tanto nos meus filhos, com exceção de Harry, mas creio que apareceu em você. Veja que consigo ser paciente quando é necessário. Cheguei a esperar quinze anos para acertar as contas com um homem que havia me prejudicado. Esta é outra característica dos Lee: não esquecemos de nada! Nos vingamos da desfeita, mesmo que tenhamos que esperar anos. Um homem me aprontou uma e esperei quinze anos pela chance... e fui para cima. Deixei-o arruinado. Acabei com o canalha!

Ele deu uma leve risada.

— Foi na África do Sul? — perguntou Pilar.

— Foi. Grande país.

— O senhor voltou para lá?

— Voltei cinco anos depois de me casar. Foi a última vez.

— Mas e antes? O senhor esteve lá por muitos anos?

— Estive.

— Conte-me.

Ele começou a falar. Pilar, protegendo o rosto com o papel, pôs-se a escutar.

A voz ficou mais lenta, cansada.

— Espere que vou lhe mostrar uma coisa — disse ele.

Ele pôs-se de pé com muito cuidado. Depois, com a bengala, mancou lentamente pelo quarto. Abriu o grande cofre. Virou-se e fez um sinal para ela ir até onde ele estava.

— Pronto, olhe isso aqui. Sinta, deixe escorrer pelos dedos.

Ele olhou para o rosto curioso de Pilar e riu.

— Sabe o que são? Diamantes, criança. Diamantes.

Os olhos de Pilar se arregalaram.

— Mas são só pedrinhas — comentou enquanto se inclinava.

Simeon riu.

— São diamantes brutos. É assim que são encontrados na natureza. Assim.

— E se forem lapidados viram diamantes de verdade?

— Com certeza.

— Brilhantes, cintilantes?

— Brilhantes e cintilantes.

— Oh, não acredito! — disse ela, com voz infantil.

O idoso ficou animado.

— É a verdade.

— São valiosos?

— Muito valiosos. É difícil dizer quanto antes de lapidados. Mas este pequeno tesouro vale milhares de libras.

— Milhares... de... libras? — disse Pilar com um espaço entre cada palavra.

— Nove ou dez mil, digamos... Veja bem, são pedras grandes.

— Então por que o senhor não vende?

— Porque gosto de tê-los aqui.

— Mas e o dinheiro?

— Não preciso do dinheiro.

— Ah… entendo. — Pilar parecia impressionada. Ela continuou: — Mas por que não manda lapidar, para deixá-los bonitos?

— Porque os prefiro assim. — Seu rosto estava fechado. Ele virou-se e começou a falar sozinho. — Eles me lembram… o toque, a sensação que causam nos dedos… Lembro de tudo: a luz do sol, o cheiro da savana, os rebanhos… meu velho Eb… os rapazes, as noites…

Ouviu-se uma leve batida à porta.

— Bote de volta no cofre e feche-o — disse Simeon. Depois, falou: — Pode entrar.

Horbury entrou, suave e deferente.

— O chá está servido lá embaixo — avisou.

III

— Aí está você, David. Procurei em todo canto — falou Hilda. — Não vamos ficar nessa sala, está um frio terrível.

David ficou um minuto em silêncio. Estava parado de pé, olhando para o assento de uma poltrona baixa, com estofado de cetim desbotado. De repente, falou:

— Era a poltrona dela… A poltrona em que ela sempre se sentava… Está igualzinha… igualzinha. Só desbotou, é claro.

Um franzir enrugou a testa de Hilda.

— Entendo. Mas vamos sair daqui, David. Está muito frio.

David não deu bola.

— Ela passava a maior parte do tempo aqui. — Ele olhou em volta. — Lembro de me sentar naquele banco enquanto ela lia para mim. *João e o pé de feijão*… esse mesmo… *João e o pé de feijão*. Eu devia ter uns seis anos.

Hilda colocou a mão firme sobre o braço dele.

— Volte para a sala de estar, querido. Esta sala não tem aquecimento.

Ele virou-se, obediente, mas ela sentiu um pequeno calafrio cruzar o corpo dele.

— Está igualzinha — balbuciou ele. — Igualzinha. Como se o tempo tivesse parado.

Hilda pareceu preocupada.

— Onde será que estão os outros? — perguntou com a voz alegre e decidida. — Deve estar quase na hora do chá.

David desvencilhou-se do braço e abriu outra porta.

— Aqui tinha um piano... Ah, sim, aqui está! Será que está afinado?

Ele se sentou, abriu a tampa do instrumento e passou as mãos sobre as teclas, com delicadeza.

— Está, é evidente que deixam afinado.

Ele começou a tocar. Levava jeito. A melodia fluía debaixo de seus dedos.

— Qual é a música? Parece que conheço, só não consigo lembrar o que é.

— Faz anos que não toco — disse ele. — *Ela* que tocava. Uma das "Canções sem palavras", de Mendelssohn.

A melodia adocicada, doce até demais, preencheu a sala.

— Toque um pouco de Mozart, toque — pediu Hilda.

David fez que não. Começou outro Mendelssohn.

De repente, deixou as mãos caírem nas teclas em dissonância severa. Levantou-se. Estava tremendo. Hilda foi atendê-lo.

— David... David.

— Não é nada... não é nada...

IV

A campainha tocou, agressiva. Tressilian levantou-se do assento na despensa e foi lentamente até a porta.

A campainha tocou mais uma vez. Tressilian franziu o cenho. Pelo vidro fumê da porta, viu a silhueta de um homem usando um chapéu de aba larga.

Tressilian passou a mão pela testa. Alguma coisa o preocupava. Era como se tudo estivesse acontecendo duas vezes. É claro que isso havia acontecido antes. É claro...

Ele puxou a tranca e abriu a porta.

Então o feitiço se desfez. O homem que estava ali disse:

— É aqui que mora Mr. Simeon Lee?

— Sim, senhor.

— Gostaria de falar com ele, por favor.

Um leve ecoar de memória despertou em Tressilian. A voz tinha uma entonação que ele lembrava dos velhos tempos, quando Mr. Lee havia chegado na Inglaterra.

Tressilian balançou a cabeça, em dúvida.

— Mr. Lee é um inválido, senhor. Ele não costuma receber muitas pessoas. Se puder...

O estranho o interrompeu.

Puxou um envelope e entregou ao mordomo.

— Entregue a Mr. Lee, por favor.

— Sim, senhor.

V

Simeon Lee pegou o envelope. Retirou a única folha de papel que havia dentro. Pareceu surpreso. Suas sobrancelhas se ergueram, mas ele sorriu.

— Por tudo que é mais maravilhoso! — disse.

Depois se dirigiu ao mordomo:

— Traga Mr. Farr até aqui, Tressilian.

— Sim, senhor.

— Eu estava justamente pensando em Ebenezer Farr. Era meu sócio lá em Kimberley. Agora me vem o filho!

Tressilian ressurgiu e anunciou:

— Mr. Farr.

Stephen Farr apareceu com um quê de nervosismo. Disfarçou com uma dose extra de presunção. Começou a falar e, por um instante, seu sotaque sul-africano ficou mais forte que o normal.

— Mr. Lee?

— Estou feliz em vê-lo. Então você é o menino do Eb?

Stephen Farr sorriu, um pouco acanhado.

— É minha primeira visita ao país. Papai sempre me disse para procurar o senhor, caso eu viesse.

— Muito bem. — O velho olhou em volta. — Esta é minha neta, Pilar Estravados.

— Como vai? — perguntou Pilar, recatada.

Stephen Farr sentiu um quê de apreensão. "Diabinha. Demonstrou surpresa em me ver, mas só por um instante."

— Encantado em conhecê-la, Miss Estravados — disse ele, um tanto cerimonioso.

— Obrigada — disse Pilar.

— Sente-se e me fale sobre você — pediu Simeon Lee. — Vai ficar muito tempo na Inglaterra?

— Ah, eu é que não vou ter pressa agora que cheguei aqui!

Ele riu e jogou a cabeça para trás.

— Exato. Você vai ter que ficar um tempo conosco — comentou Simeon Lee.

— Ah, senhor. Não posso ser tão intrometido. Faltam só dois dias para o Natal.

— Pois passe o Natal conosco. A não ser que tenha outros planos...

— Bom, não, não tenho, mas não queria...

— Está decidido. — Simeon virou a cabeça. — Pilar?

— Sim, vovô.

— Vá dizer a Lydia que teremos outro convidado. Peça a ela para vir aqui.

Pilar saiu do quarto. Os olhos de Stephen a acompanharam. Simeon percebeu o fato e achou curioso.

— Veio direto da África do Sul?

— Praticamente.

Eles começaram a conversar sobre o país.

Lydia entrou no quarto alguns minutos depois.

— Este é Stephen Farr, filho de meu velho amigo e sócio, Ebenezer Farr — explicou Simeon. — Ele vai passar o Natal conosco, se houver um quarto.

Lydia sorriu.

— É claro. — Seus olhos absorveram a aparência do estranho. O rosto bronzeado e os olhos azuis, a inclinação suave da cabeça.

— Minha nora — disse Simeon.

— Estou envergonhado... me intrometendo desse jeito numa festa de família — comentou Stephen.

— Você faz parte da família, meu garoto — disse Simeon. — Pode se considerar como tal.

— O senhor é muito gentil.

Pilar voltou ao quarto. Sentou-se em silêncio perto da lareira e pegou o papel novamente. Usou como leque, girando o pulso bem devagar, para lá e para cá. Seu olhar era recatado, voltado para o chão.

Capítulo 3

24 de dezembro

— Quer mesmo que eu fique, pai? — perguntou Harry. Ele pendeu a cabeça para trás. — Estou mexendo em um vespeiro, sabia?

— Do que você está falando? — perguntou Simeon, ríspido.

— De Alfred. Meu bom irmão Alfred! Ele, se me permite dizer, se ressente da minha presença.

— Aos diabos com o ressentimento dele! Sou eu que mando nesta casa.

— De qualquer maneira, imagino que o senhor seja bastante dependente de Alfred. Não quero perturbar…

— Você vai fazer o que eu disser — retrucou o pai.

Harry bocejou.

— Não sei se conseguirei me ater a uma vida preso em casa. É sufocante para um camarada que já esteve à solta pelo mundo.

— É melhor você se casar e sossegar.

— Com quem vou me casar? Uma pena que não se pode casar com a sobrinha. A jovem Pilar é linda que nem o diabo.

— Ah, você notou?

— Por falar em sossegar, o gordo do George se deu bem, pelo menos em termos de aparência. Quem é a moça?

Simeon deu de ombros.

— Como vou saber? George a arranjou num desfile de modelos, se não me engano. Ela diz que o pai era oficial aposentado da Marinha.

— Deve ter sido segundo imediato de navio costeiro. George vai ter trabalho com essa aí se não se cuidar.

— George é um tolo.

— Por que ela se casou com ele? Pelo dinheiro?

Simeon deu de ombros.

— Bom, o senhor acha que dá um jeito no Alfred? — perguntou Harry.

— Vamos resolver esse assunto em seguida — disse Simeon, inflexível.

Ele tocou um sino que estava numa mesa ao lado.

Horbury apareceu prontamente.

— Peça a Mr. Alfred para vir aqui — disse Simeon.

Horbury saiu.

— O camarada fica escutando na porta? — indagou Harry.

Simeon deu de ombros.

— Provavelmente.

Alfred veio depressa. Seu rosto contorceu-se ao ver Harry. Ignorando o irmão, ele falou em tom incisivo:

— Queria falar comigo, pai?

— Queria, sente-se. Eu estava pensando em reorganizar as coisas um pouco agora que temos mais dois morando na casa.

— *Dois?*

— Pilar vai ficar por aqui, é claro. E Harry está em casa de vez.

— Harry vem morar aqui? — perguntou Alfred.

— Por que não, meu garoto? — disse Harry.

Alfred virou-se para ele com um movimento brusco.

— Imaginei que você já soubesse o porquê!

— Peço desculpas... mas não sei.

— Depois de tudo que aconteceu? Da maneira infame como você se comportou. Do escândalo...

Harry fez um meneio com a mão.

— É tudo passado, meu velho.

— Você foi abominável com nosso pai, depois de tudo que ele lhe fez.

— Olhe aqui, Alfred. O que sei é que isso é assunto de papai, não seu. Se ele diz que o que passou, passou...

— Digo — disse Simeon. — Afinal de contas, Harry é meu filho, Alfred.

— Sim, mas eu... me sinto ofendido... em seu nome.

— Harry vai ficar! É a minha vontade. — Simeon pôs a mão gentilmente sobre o ombro deste. — Gosto muito de Harry.

Alfred se levantou e saiu do aposento. Seu rosto estava pálido. Harry também se levantou e foi atrás dele, aos risos.

Simeon ficou sentado e rindo sozinho. Então parou e olhou em volta.

— Quem diabos está aí? Ah, é você, Horbury. Pare de aparecer desse jeito.

— Peço desculpas, senhor.

— Deixe para lá. Ouça: tenho algumas ordens. Quero que todos venham aqui depois do almoço. *Todos.*

— Sim, senhor.

— Outra coisa: quando vierem, quero que você venha junto. E quando estiver a caminho, *erga a voz para que eu possa escutá-lo*. Pode usar qualquer pretexto. Entendeu?

— Sim, senhor.

Horbury desceu a escada.

— Por mim, teremos, *sim*, um feliz Natal — disse a Tressilian.

— Como assim?

— Espere e verá, Mr. Tressilian. Hoje é véspera de Natal e o espírito natalino está por todos os lados... Ou será que não?

II

Todos entraram no cômodo e pararam à porta.

Simeon falava ao telefone e acenou para eles.

— Sentem-se, todos. Não vou levar nem um minuto.

Ele continuou a falar ao telefone.

— Seria da Charlton, Hodgkins & Bruce? É você, Charlton? Quem fala é Simeon Lee. É, não é? Sim... Não, quero que me prepare um novo testamento... Sim, já faz algum tempo do último... As circunstâncias mudaram... Ah, não, sem pressa. Não quero que estrague seu Natal. Deixamos para o Dia de Reis ou o seguinte. Venha que lhe digo o que quero. Não, está tudo bem. Não vou morrer tão cedo.

Ele devolveu o telefone ao gancho, depois olhou para os oito integrantes de sua família. Deu uma gargalhada antes de falar:

— Estão todos sorumbáticos. O que houve?

— O senhor mandou nos chamar... — respondeu Alfred.

— Ah, desculpem... Não há nada de portentoso. Acharam que seria um concílio de família? Não, é que estou muito cansado hoje, nada mais. Nenhum de vocês precisa aparecer depois do jantar. Vou para a cama. Quero estar renovado para o dia do Natal.

Ele sorriu para eles.

— É claro... É claro... — falou George com seriedade.

— Que tradição magnânima, o Natal — comentou Simeon. — Que promove a solidariedade da emoção em família. O que *você* acha, minha cara Magdalene?

Magdalene Lee deu um salto. Sua boquinha de tola se abriu e depois fechou.

— Hum... ah, *claro*! — disse ela.

— Deixe-me ver, você que vivia com um oficial da Marinha aposentado... — Simeon fez uma pausa. — Seu *pai*. Creio que não davam muita bola para o Natal. A família tem que ser grande para essas coisas!

— Bom... é que... sim, talvez.

Os olhos de Simeon passaram dela para o lado.

— Não quero tratar de nada desagradável nesta época do ano, mas, veja bem, George: infelizmente, terei que cortar uma parte da sua mesada. Meus gastos com a casa vão aumentar um pouco no futuro próximo.

George ficou muito vermelho.

— Ora, papai! O senhor não pode fazer isso!

— Não posso, é?

— Já tenho gastos demais. Demais. Do jeito como está, não sei como dou conta de tudo. Já faço economia rigorosa.

— Deixe que sua esposa economize mais um pouquinho — disse Simeon. — As mulheres são boas nessas coisas. Elas conseguem pensar em cortes com os quais o homem nem sonha. E a mulher inteligente faz as próprias roupas. Minha esposa, eu bem me lembro, era brilhante com a agulha. Mas também não era brilhante em praticamente mais nada. Ótima mulher, mas um tédio de matar...

David se levantou de um salto.

— Sente-se, garoto, vai acabar derrubando alguma coisa... — ironizou o pai.

— Minha mãe... — disse David.

— Sua mãe tinha o cérebro de um piolho! — interrompeu Simeon. — E parece que passou aos filhos. — Uma mancha vermelha se formou em cada bochecha. Sua voz saiu alta e estridente. — Vocês não valem nem um pêni, nenhum de vocês! Cansei de todos! Vocês não são *homens*! São uns fracotes! Um bando de fracotes deslambidos. Pilar vale mais do que dois juntos! Peço aos céus que tenha um filho em algum lugar desse mundo que seja melhor, mesmo que vocês tenham nascido do lado de cá da cerca!

— Ora, papai, vamos parar com isso! — exclamou Harry.

Ele havia se levantado e parado; seu rosto geralmente de bom ânimo agora franzido. Simeon retrucou:

— O mesmo vale para *você*! *Você*, que fez o quê? Ficou só se queixando de dinheiro comigo, mundo afora! Já disse que cansei de olhar a cara de todos! Sumam daqui!

Ele se recostou na poltrona, um pouco arfante.

Lentamente, um a um, sua família saiu. George estava enrubescido e indignado. Magdalene parecia apavorada. David estava pálido, tremendo. Harry deixou a sala esbravejando. Alfred andava como um homem perdido num sonho. Lydia o seguiu com a cabeça erguida. Apenas Hilda parou na porta e voltou, bem devagar.

Ela parou na frente dele, que se assustou quando abriu os olhos e a viu ali. Havia algo de ameaçador na maneira robusta como ela havia parado, quase sem se mexer.

— Que foi? — perguntou ele em tom irritado.

— Quando sua carta chegou, acreditei no que o senhor disse. Que queria a família por perto no Natal. E convenci David a vir.

— E daí?

— O senhor queria, *sim,* a família por perto... mas não pelo motivo que escreveu! O senhor queria todos aqui só para dar esse puxão de orelha, não é? Deus que lhe perdoe, é assim que o senhor se *diverte*!

Simeon gargalhou.

— Sempre tive um senso de humor particular. Não creio que outra pessoa vá entender a graça. *Eu* estou aproveitando!

Ela não respondeu. Um vago toque de apreensão abateu Simeon Lee.

— No que está pensando? — quis saber ele, com veemência.

— Meu medo é que...

— Medo... medo de mim?

— Não tenho medo do *senhor.* Eu temo... *pelo* senhor!

Como um juiz que havia declarado o veredito, ela deu as costas. Saiu em marcha do aposento, com passos lentos e pesados...

Simeon ficou parado, olhando para a porta.

Então se pôs de pé e se dirigiu ao cofre.

— Vamos dar uma olhada nessas minhas belezinhas.

III

A campainha soou por volta das 19h45.

Tressilian foi atender. Retornou para sua despensa e lá encontrou Horbury, que tirava xícaras de café da bandeja e observava as marcas que cada uma havia deixado.

— Quem era? — perguntou Horbury.

— Um superintendente de polícia... Mr. Sugden. Cuidado com isso aí!

Horbury deixou uma das xícaras cair e ela se estatelou.

— Mas que coisa — lamentou Tressilian. — Onze anos que lavo essa louça e nunca quebrei nenhuma. Agora aparecem vocês, mexem no que não devem, e olhe o que acontece!

— Sinto muito, Mr. Tressilian. Sinto mesmo — disse o outro, desculpando-se. Seu rosto estava coberto de transpiração. — Não sei como aconteceu. O senhor disse que um superintendente da polícia passou aqui?

— Disse. Mr. Sugden.

O cuidador passou a língua entre os lábios pálidos.

— O que... o que ele queria?

— Uma doação para o orfanato da polícia.

— Ah! — O criado endireitou os ombros. Com voz mais natural, disse:— E conseguiu?

— Levei o talão ao Mr. Lee e ele me disse para chamar o superintendente e servir xerez.

— Nesta época do ano só vêm os pedintes — disse Horbury. — Mas reconheço que o diabo velho é generoso, apesar dos defeitos.

— Mr. Lee sempre foi um cavalheiro de mão aberta — comentou Tressilian com orgulho.

Horbury assentiu.

— É o que ele tem de melhor! Bom, estou de saída.

— Vai ao cinema?

— Assim espero. Até, Mr. Tressilian.

Ele passou pela porta que levava ao salão dos criados.

Tressilian olhou para o relógio pendurado na parede.

Foi à sala de estar e deixou os pãezinhos sobre cada guardanapo.

Em seguida, após se certificar de que tudo estava como bem devia, soou o gongo no saguão.

Conforme a última nota do gongo se perdia, o oficial da polícia desceu a escada. O Superintendente Sugden era um homem grande e de boa aparência. Vestia um terno azul com todos os botões fechados e caminhava como quem bem sabe da importância que tem.

— Creio que teremos neve hoje à noite — disse em tom afável. — Vai ser bom: o tempo anda muito insensato.

— A umidade faz mal a meu reumatismo — observou Tressilian, sacudindo a cabeça.

O superintendente disse que o reumatismo era mesmo doloroso, e Tressilian o conduziu até a porta da frente.

O velho mordomo fechou a porta de novo e voltou lentamente ao saguão. Passou a mão pelos olhos e suspirou. Depois, aprumou as costas ao ver Lydia passar à sala de estar. George Lee estava descendo a escada.

Tressilian se aproximou, a postos. Quando a última convidada, Magdalene, entrou na sala de estar, ele se apresentou e balbuciou:

— O jantar está servido.

A seu modo, Tressilian era um entendido do figurino feminino. Sempre observava e criticava os vestidos das moças ao circular pela mesa com o decantador à mão.

Mrs. Alfred, percebeu ele, estava com seu novo tafetá preto e branco. Uma estampa ousada, marcante, mas que cabia a seu porte, algo que não poderia dizer de muitas. O mordomo teve certeza de que o vestido de Mrs. George era sob medida e devia ter custado uma pequena fortuna. Questionou-se o que Mr. George teria achado da conta! Mr. George não era de gastar e nunca havia sido. Quanto a Mrs. David hoje: bela donzela, mas sem a mínima noção de como se vestir. Para sua silhueta, o veludo preto simples teria sido melhor. O veludo cinturado, ainda por cima escarlate, tinha sido uma péssima escolha. Miss Pilar, por outro lado, com sua silhueta e seus cabelos, ficaria bem não importava o traje. Estava, porém, com um vestidinho branco, frívolo e barato. Ainda assim, Mr. Lee daria jeito nisso! Como estava cativado com aquela formosura. Era sempre a mesma coisa quando o cavalheiro era de idade. Um rosto moço consegue tudo!

— Branco alemão ou tinto francês? — perguntou Tressilian com sua voz sussurrada e deferente ao ouvido de Mrs. George. Ele percebeu, de soslaio, que Walter, o lacaio, estava mais uma vez servindo os legumes antes do molho. Depois de tanto que havia sido avisado!

Tressilian deu a volta com o suflê. Ocorria-lhe, agora, que seu interesse por vestimentas femininas e seus temores quanto às deficiências de Walter já eram coisa do passado, que hoje todos estavam mudos. Não exatamente *mudos*: Mr. Harry falava por vinte... não, não Mr. Harry, mas o cavalheiro sul-africano. E os outros também falavam, mas apenas, por assim dizer, em pequenos arroubos. Havia algo de... esquisito em todos.

Mr. Alfred, por exemplo, parecia doentíssimo. Como se houvesse sofrido um choque ou algo assim. Com aparência de atordoado, ficava apenas revirando a comida no prato sem comer. Tressilian percebeu que a patroa estava preocupada com o marido. Ela não parava de olhar por sobre a mesa, na direção dele; sem se deixar ser notada, é claro, dissimuladamente. Mr. George estava com o rosto muito vermelho, e apenas mexia na comida, sem levá-la à boca. Se não se cuidasse, um dia teria um derrame. Mrs. George não comia. De dieta, provavelmente. Miss Pilar aparentemente apreciava a refeição e conversava aos risos com o cavalheiro sul-africano. Devidamente arrebatado, o sujeito. Os dois não pareciam ter preocupação *alguma* com esse mundo!

E quanto a Mr. David? Tressilian estava preocupado com Mr. David. Assim como sua mãe, ele era de se cuidar e ainda guardava a aparência jovem. Mas era nervoso — e, pronto, havia derrubado o copo.

Tressilian passou um pano pelo rastro do vinho com toda a habilidade e limpou tudo. Pronto. Sentado e olhando para a frente com o rosto pálido, Mr. David mal se deu conta do que havia feito.

Falando em rostos pálidos, tinha sido estranha a expressão que Horbury havia feito na despensa quando ficara sabendo que um policial havia chegado na casa... quase como se...

O fio dos pensamentos de Tressilian se interrompeu bruscamente. Walter havia deixado uma pera cair da travessa que estava carregando. Como andava difícil conseguir um bom lacaio! Pareciam mais cavalariços, pelo jeito como se comportavam!

Ele deu a volta com o vinho do porto. Mr. Harry parecia um tanto desatento. Só ficava olhando para Mr. Alfred. Nunca houvera grandes amores entre os dois, nem mesmo quando pequenos. Mr. Harry, é claro, sempre fora o preferido do pai, o que amargurava Mr. Alfred. Mr. Lee nunca dera muita bola para Mr. Alfred. Uma pena, já que este sempre pareceu muito apegado ao pai.

Pronto, Mrs. Alfred estava se levantando. Ela fez uma varredura da mesa. Muito bonita a estampa do tafetá; a capa vestia bem. Uma dama muito graciosa.

Ele foi à despensa e fechou as portas da sala de jantar para deixar os cavalheiros com suas taças de vinho.

Levou a bandeja de café à sala de estar. As quatro donzelas estavam lá sentadas. Nenhuma parecia muito à vontade. Não conversavam. Ele serviu os cafés sem um pio.

Saiu de novo. Ao chegar na despensa, ouviu a porta da sala de jantar se abrir. David Lee saiu e foi pelo corredor até a sala de estar.

Tressilian voltou à despensa. Deu uma dura em Walter. Walter estava se mostrando, se é que já não havia provado ser, um impertinente!

Tressilian, sozinho na sua despensa, sentou-se, fatigado.

Estava meio deprimido. Véspera de Natal, todo aquele desgaste, a tensão... Nada bom!

Com esforço, ele despertou. Voltou à sala de estar e recolheu as xícaras de café. O cômodo estava vazio à exceção de Lydia, que meio que se escondia perto da cortina da janela lá do outro lado da sala. Estava lá, olhando para a noite.

Da porta ao lado se ouvia o piano.

Era Mr. David quem tocava. Mas por que, Tressilian se perguntou, Mr. David escolhera justamente a "Marcha fúnebre"? Pois era a "Marcha fúnebre" que se ouvia. Céus, a situação ia mesmo de mal a pior.

Ele saiu devagar ao corredor e voltou à despensa.

Foi então que ouviu o barulho pela primeira vez, vindo do andar de cima: um estrondo de porcelana quebrando, móveis sendo revirados e uma série de estalos e baques.

"Abençoado!", pensou Tressilian. "O que será que o patrão está fazendo? O que está havendo lá em cima?"

E então, alto e claro, ouviu-se um grito; um berro alto e tenebroso, que se apagou como se sufocado ou afogado.

Tressilian ficou por um instante ali, paralisado, depois saiu no corredor e subiu a ampla escadaria. Havia outros com ele. O grito fora ouvido em toda a casa.

Eles correram escada acima, fizeram a curva, passaram pelo nicho rebaixado com as estátuas tão brancas quanto lúgubres e avançaram pelo corredor estreito até a porta de Simeon Lee. Mr. Farr já estava lá, assim como Mrs. David. Ela estava encostada na parede e ele girava a maçaneta.

— Está trancada — dizia ele. — A porta está trancada!

Harry Lee abriu caminho e arrancou a maçaneta das mãos do homem. Ele também tentou girá-la para todos os lados.

— Pai! — gritou Harry. — Pai, deixe-nos entrar.

Ele ergueu a mão e, durante o silêncio, todos tentaram escutar. Não houve resposta. Nenhum som vinha de dentro do quarto.

A campainha da frente soou, mas ninguém prestou atenção.

— Temos que derrubar essa porta. É o único jeito — afirmou Stephen Farr.

— Vai ser complicado. Estas portas são de madeira maciça — respondeu Harry. — Venha, Alfred.

Eles fizeram toda força que conseguiram. Por fim, decidiram pegar um banco de madeira para usar de aríete. A porta finalmente cedeu. As dobradiças se partiram e a porta afundou no batente, estremecida.

Por um instante ficaram ali, amontoados, olhando para dentro. O que encontraram foi uma visão que nenhum deles jamais viria a esquecer...

Claramente havia acontecido uma altercação. Havia mobília pesada virada ao contrário. Vasos de porcelana aos cacos no chão. No meio do tapete da lareira, em frente ao fogo crepitante, Simeon Lee jazia sobre uma grande poça de sangue... Sangue espirrado para todo lado. O lugar estava um caos.

Houve um longo suspiro das pessoas estremecendo, e então duas vozes se pronunciaram, uma de cada vez. Estranhamente, as palavras que emitiram eram ambas citações.

David Lee disse:

— "*Os moinhos de Deus moem devagar...*"

E a voz de Lydia foi como um sussurro passante:

— "*Quem diria que o velho tinha tanto sangue em si...?*"

IV

O Superintendente Sugden havia soado a campainha três vezes. Por fim, ansioso, bateu a aldrava.

Walter, assustado, finalmente abriu a porta. Uma expressão de alívio abateu seu rosto.

— Eu estava ligando para a polícia.

— Por quê? — perguntou o Superintendente Sugden, em tom veemente. — O que está acontecendo?

— É Mr. Lee. *Acabaram com ele...* — sussurrou Walter.

O superintendente empurrou o criado para passar e subiu a escada correndo. Entrou no quarto sem que os outros percebessem sua chegada. Ao entrar, viu Pilar curvar-se e recolher algo do chão. Percebeu David Lee com as mãos cobrindo os olhos.

Ele viu os outros acotovelados em um pequeno grupo. Apenas Alfred Lee havia chegado perto do corpo do pai. Estava bastante próximo, olhando para baixo. O rosto não tinha expressão.

George Lee falava com imponência:

— Lembrem-se de que nada deve ser tocado. *Nada*, até que chegue a polícia. É *muito* importante!

— Com licença — disse Sugden.

Ele abriu caminho, educadamente empurrando as moças para o lado.

Alfred Lee o reconheceu.

— Ah — disse ele. — É você, Superintendente Sugden. Chegou rápido.

— Sim, Mr. Lee. — O Superintendente Sugden não perdeu tempo com explicações. — O que há?

— Meu pai foi morto... *assassinado* — disse Alfred Lee.

Sua voz se perdeu.

De repente Magdalene começou a soluçar, histérica.

O Superintendente Sugden ergueu a mão com força, num meneio oficialesco. Falou em tom impositivo:

— Fariam a gentileza de deixar o quarto, todos, com exceção de Mr. Lee e, hã, Mr. George Lee...?

Eles saíram aos poucos pela porta, relutantes, como ovelhas. O superintendente interceptou Pilar de repente.

— Com licença, moça — disse, em tom educado. — Nada deve ser tocado nem tirado do lugar.

Ela ficou olhando para ele.

— É claro que não. Ela sabe — falou Stephen Farr com impaciência.

— A senhorita pegou algo do chão agora há pouco, não pegou? — indagou o superintendente, ainda com o mesmo tom agradável.

Os olhos de Pilar se arregalaram. Ela o encarou e perguntou:

— *Eu* peguei?

O Superintendente Sugden continuou com o tom agradável. Sua voz só saiu um pouco mais firme.

— Sim, vi a senhorita...

— Ah!

— Então, por favor, me entregue. Está na sua mão.

Pilar abriu a mão devagar. Ali se via um fiapo de borracha e um pequeno objeto de madeira. Sugden os pegou, colocou em um envelope e o guardou num bolso do peito.

— Obrigado.

O policial virou-se. Por um minuto apenas, os olhos de Stephen Farr demonstraram o respeito que vem da surpresa. Foi como se ele houvesse subestimado o belo e parrudo superintendente.

Saíram lentamente do quarto. Atrás deles, ouviram a voz do superintendente proclamar em tom oficial:

— E agora, se me permitem...

V

— Não há nada melhor do que uma lareira a lenha — disse o Coronel Johnson ao jogar mais uma tora no fogo e aproximar sua cadeira das labaredas. — Sirva-se — complementou, direcionando sua atenção hospitaleira ao tântalo e ao sifão próximos ao cotovelo do convidado.

Este educadamente ergueu uma mão em negativa. Aproximou sua cadeira com cautela das toras em brasa, embora fosse da opinião de que a oportunidade de tostar as solas do pé (como se fosse uma tortura medieval) não apaziguaria a corrente fria que rodopiava ao redor de seus ombros.

O Coronel Johnson, chefe de polícia de Middleshire, talvez fosse da opinião de que nada é melhor que uma lareira a lenha, mas Hercule Poirot era da opinião de que calefação venceria qualquer páreo!

— Que extraordinário, aquele caso Cartwright — comentou o anfitrião, lembrando-se. — Um homem incrível! Que conduta encantadora. Ora, quando veio aqui com você, ficamos todos comendo na mão dele.

O homem negou com a cabeça.

— Nunca teremos nada como aquele caso! Envenenamentos por nicotina são raros, felizmente.

— Houve época em que você teria considerado qualquer envenenamento indigno dos ingleses — sugeriu Hercule Poirot. — Um recurso de estrangeiros! Conduta antidesportiva!

— Não creio que possamos afirmar algo assim — disse o chefe de polícia. — Acontecem muitos envenenamentos por arsênico. Provavelmente muitos mais do que se suspeita.

— Sim, é possível.

— Sempre complicados, estes casos que envolvem veneno — disse Johnson. — Os peritos dão depoimentos conflitantes... E os médicos costumam ser extremamente cautelosos no que afirmam. É sempre difícil quando se leva a júri. Deus que me perdoe, mas se é para termos homicídios, que sejam casos simples. Em que não haja ambiguidade quanto à causa da morte.

Poirot assentiu.

— Um tiro à bala, uma degola, um traumatismo craniano? Seriam suas preferências?

— Ah, não chame de preferência, meu caro. Não acalente a ideia de que eu *gosto* de assassinatos! Tomara que eu nunca mais veja um. De qualquer modo, não teremos problema durante sua visita.

Poirot começou a falar, com modéstia:

— Minha reputação...

Mas Johnson havia prosseguido.

— A época de Natal. Paz, boa vontade... e essa coisa toda. Boa vontade por toda parte.

Hercule Poirot recostou-se na cadeira e uniu as pontas dos dedos. Pensativo, ficou analisando seu anfitrião.

— Então você acredita que o Natal é uma época improvável para crimes? — sussurrou.

— Foi o que eu disse.

— Por quê?

— Por quê? — Johnson ficou um tanto descompassado. — Bom, como acabei de dizer... é período de festas e tudo mais!

— Britânicos, tão sentimentais! — balbuciou Poirot.

— E qual o problema se formos sentimentais? E se gostarmos dos costumes, das tradições festivas? Qual é o problema? — questionou Johnson numa bravata.

— Não há problema. É até encantador! Mas, por um instante, vamos tratar dos *fatos*. Você disse que o Natal é uma época de festa. Isso significa, se não me engano, muitos comes e bebes? Aliás, *exageros* de comes! E com esse exagero vem a indigestão! E com a indigestão vêm as irritações!

— Não se cometem crimes — disse o coronel — por causa de irritações.

— Não tenho tanta certeza! Veja outro argumento. Temos, no Natal, o espírito da boa vontade. É, como você disse, o tradicional. Velhas desavenças se resolvem e quem discorda consente em concordar de novo, mesmo que seja temporário.

Johnson assentiu.

— Firmar a paz, isso mesmo.

— E as famílias, famílias essas que estavam separadas ao longo do ano, reencontram-se. Sob essas condições, meu amigo, você há de admitir que haverá grande dose de *tensão*. Pessoas que não se *sentem* amigáveis veem-se pressionadas a *aparentar* que o são! No Natal há muita *hipocrisia*, a honrosa hipocrisia, a hipocrisia que se submete *pour le bon motif, c'est entendu*. Mas, ainda assim, hipocrisia!

— Bom, eu não diria dessa forma — disse Johnson, em dúvida.

Poirot sorriu para o oficial de polícia.

— Não, não. Sou *eu* que estou dizendo dessa forma, não *você*. Ressalto que, nessas condições, de esforço mental, de *malaise* física, é altamente provável que os dissabores que antes eram leves e os desacordos que antes eram triviais de repente ganhem caráter mais sério. O resultado de a pessoa passar-se por mais amigável, mais permissiva, mais altiva do que é, mais cedo ou mais tarde, leva-a a comportar-se de forma mais sórdida, mais implacável e, no geral, mais desagradável do que é de fato! Se você represa a corrente do comportamento natural, *mon ami,* mais cedo ou mais tarde a represa estoura e tem-se um cataclisma!

Johnson olhou para ele com expressão de dúvida.

— Nunca sei quando você fala sério e quando está me provocando — resmungou.

Poirot sorriu para ele.

— Não estou falando sério! Nem minimamente sério! Mas, de qualquer maneira, é verdade o que digo: condições artificiais provocam reações naturais.

O criado do Coronel Johnson entrou na sala.

— Superintendente Sugden ao telefone, senhor.

— Certo. Já vou.

Com um pedido de licença, o chefe de polícia saiu da sala.

Ele retornou uns três minutos depois. O rosto estava sério e transtornado.

— Com mil diabos! Um homicídio! Na véspera de Natal, ainda por cima!

As sobrancelhas de Poirot se ergueram.

— Teria certeza de que é... homicídio, no caso?

— Hã? Ora, não há possiblidade de outra solução! Um caso claríssimo. Homicídio! E um homicídio brutal!

— Quem é a vítima?

— O velho Simeon Lee. Um dos homens mais ricos que há! Fez fortuna na África do Sul. Ouro... ou não, acho que diamantes. Aplicou uma bolada na produção de um apetrecho especial para as máquinas de mineração. Invenção própria, se não me engano. Seja como for, rendeu rios de dinheiro! Dizem que é duplamente milionário.

— Ele era benquisto?

— Não creio que alguém gostasse do sujeito — respondeu Johnson devagar. — Uma figura meio esquisita. Faz alguns anos que é inválido. Eu mesmo não sei muito a respeito. Mas é uma das figuras eminentes do país.

— Então, este caso vai render um rebuliço?

— Vai. Preciso chegar a Longdale o mais rápido possível.

Ele hesitou, olhando para o convidado. Poirot respondeu à pergunta não dita:

— Gostaria que eu o acompanhasse?

— É quase indigno lhe pedir — constatou o homem, em tom envergonhado. — Mas sabe como é. O Superintendente Sugden é um homem de bem, não há melhor em termos de minúcia, atenção, confiabilidade, mas… bom, não é um camarada muito *criativo*. Já que você está aqui, gostaria muito se pudesse me beneficiar dos seus serviços.

Ele hesitou perto do final da fala, deixando-a um tanto quanto telegráfica. Poirot reagiu depressa.

— Fico encantado. Pode contar comigo para auxiliá-lo do jeito que eu puder. Só não podemos magoar nosso bom superintendente. O caso será dele, não meu. Sou apenas o consultor extraoficial.

— Você é um grande camarada, Poirot.

Com estas palavras de comenda, os dois partiram.

VI

Foi um policial que abriu a porta da frente para os dois e fez uma continência. Atrás dele, o superintendente veio pelo corredor.

— Fico contente que tenha vindo, senhor — disse o superintendente. — Podemos entrar nesta sala à esquerda? É o escritório de Mr. Lee. Gostaria de repassar os fatos principais. É uma confusão que só.

Ele os conduziu à pequena sala à esquerda do corredor. Ali se viam um telefone e uma grande escrivaninha coberta de papéis. As paredes eram forradas com estantes de livros.

— Sugden, este é *monsieur* Hercule Poirot — disse o chefe de polícia. — Já deve ter ouvido falar dele. Por acaso, ele estava na minha casa. Superintendente Sugden.

Poirot fez uma pequena mesura e olhou para o outro de cima a baixo. Captou um homem alto, de ombros quadrados e porte militar, com nariz aquilino, queixo pugnaz e um esplêndido bigode cor de castanheira. Sugden encarou Hercule Poirot depois da apresentação. Hercule Poirot olhou sério para o bigode do Superintendente Sugden. Era como se a exuberância capilar o deixasse fascinado.

— Claro que já ouvi falar, Mr. Poirot. O senhor esteve nesta região há alguns anos, se me lembro bem. À morte de Sir Bartholomew Strange. Por envenenamento. Nicotina. Não era meu distrito, mas é claro que soube de tudo.

— Pois bem, Sugden, então, vamos aos fatos — sugeriu Johnson, com impaciência. — Um caso claro, como disse.

— Sim, senhor, é um homicídio claríssimo, não há dúvida. A garganta de Mr. Lee foi degolada. Cortou-se a jugular, pelo que ouvi do médico. Mas há algo de estranho no caso como um todo.

— O senhor quer dizer...?

— Gostaria que ouvisse minha história primeiro, senhor. As circunstâncias são as seguintes: esta tarde, por volta das 17 horas, recebi uma ligação de Mr. Lee na delegacia de Addlesfield. Ele parecia um tanto estranho ao telefone... Pediu que eu viesse para conversar às oito da noite. Fez questão de ressaltar o horário. No mais, ele me instruiu a dizer ao mordomo que eu estava recolhendo contribuições para uma ação de caridade da polícia.

O chefe de polícia ergueu o olhar.

— Queria um pretexto mais plausível para botar você dentro de casa?

— Isso mesmo, senhor. Bem, evidentemente, Mr. Lee é uma pessoa importante e aquiesci à solicitação. Cheguei pouco antes das 20 horas e fingi estar em busca de contribuições para o orfanato da polícia. O mordomo foi informá-lo e voltou para dizer que Mr. Lee me receberia. A seguir, ele me levou ao quarto de Mr. Lee, que fica no primeiro andar, imediatamente acima da sala de jantar.

O superintendente fez uma pausa, inspirou e então prosseguiu com seu informe:

— Mr. Lee estava sentado na poltrona perto da lareira. Vestia um roupão. Quando o mordomo saiu do quarto e fechou a porta, Mr. Lee pediu para eu me sentar perto. Ele então disse, um tanto hesitante, que queria me comunicar um roubo. Perguntei o que havia sido levado. Ele respondeu que tinha motivos para crer que diamantes, diamantes brutos, acho que ele disse, no valor de milhares de libras haviam sido roubados do seu cofre.

— Diamantes, é? — perguntou o chefe de polícia.

— Sim, senhor. Fiz várias perguntas de rotina, mas a postura dele era muito vaga e as respostas, de caráter impreciso. Por fim, ele falou: "O senhor entenda, superintendente, que posso estar enganado." Eu falei: "Não entendi, senhor. Ou os diamantes sumiram ou não sumiram. Uma coisa ou outra." Ele respondeu: "Os diamantes decerto sumiram, mas é igualmente possível, superintendente, que seu sumiço seja apenas uma peça muito tola que estejam pregando em mim." Aquilo me soou estranho, sabe? Mas não falei nada. Ele prosseguiu: "É difícil explicar em detalhes, mas consiste no seguinte: até onde sei, apenas duas pessoas teriam como estar com as pedras. Uma dessas pode tê-las levado de piada. Se foi a outra, então é certo que foram roubadas." Eu disse: "O que o senhor quer que eu faça?" "Quero, superintendente, que o senhor volte aqui em questão de uma hora... não, um pouco mais... 21h15, digamos. Então poderei lhe dizer se fui roubado ou não." Fiquei um tanto perplexo, mas concordei e fui embora.

— Curioso... muito curioso — comentou Johnson. — O que me diz, Poirot?

— Permite-me perguntar, superintendente, que conclusões o senhor tirou? — disse Hercule Poirot.

O superintendente coçou o queixo enquanto respondia com cuidado:

— Bom, diversas ideias me ocorreram, mas, no geral, entendi da seguinte maneira. Não há questão de que alguém tenha pregado uma peça. Os diamantes foram roubados de fato. Mas o idoso não estava certo quanto a quem havia roubado. É da minha opinião que ele estava falando a verdade quando disse que podia ser uma entre duas pessoas. E, dessas duas pessoas, uma era um criado e outra era da *família*.

Poirot assentiu com estima.

— *Très bien*. Sim, explica a atitude dele.

— Daí sua vontade de que eu voltasse depois. No ínterim, ele provavelmente teria uma conversa com a pessoa em questão. Diria à pessoa que já havia tratado do assunto com a polícia, mas que, se a restituição fosse realizada de pronto, ele podia abafar o caso.

— E caso o suspeito não respondesse? — disse Coronel Johnson.

— Nesse caso, ele deixaria a investigação nas nossas mãos.

Coronel Johnson franziu o cenho e torceu o bigode.

— Por que não tomar essa atitude *antes* de chamar o senhor?

— Não, não, senhor. — O superintendente negou com a cabeça. — Perceba que, caso ele houvesse feito isso, podia ser visto como um blefe. Não seria nada convincente. A pessoa podia pensar: "O velho não vai chamar a polícia, independentemente do que suspeite!" Mas, caso o idoso dissesse "*Já falei com a polícia* e o superintendente acaba de sair", e o ladrão perguntasse ao mordomo, digamos, e o mordomo confirmasse? Ele diria: "Sim, o superintendente esteve aqui pouco antes do jantar." Então, o ladrão se convenceria de que nosso cavalheiro estava falando sério e só lhe restaria desembuchar onde estavam as pedras.

— Hum, sim, entendo — disse Coronel Johnson. — Alguma ideia, Sugden, de quem seria este "familiar"?

— Não, senhor.

— Nenhum indicativo sequer?

— Nenhum.

Johnson negou com a cabeça. Depois disse:

— Bom, vamos em frente.

O superintendente retomou sua postura oficialesca.

— Voltei à casa, senhor, exatamente às 21h15. Quando estava para tocar na campainha, ouvi um grito dentro da casa, e depois um barulho atabalhoado de gritos e movimentação geral. Toquei várias vezes e também usei a aldrava. Foram três ou quatro minutos até abrirem a porta. Quando o lacaio enfim abriu, vi que algo de muito significativo havia ocorrido. Ele estava tremendo e parecia prestes a desmaiar. Ele falou, ofegante, que Mr. Lee havia sido assassinado. Corri para o andar de cima. Encontrei o quarto de Mr. Lee em um estado de perturbação extrema. Evidentemente havia acontecido uma luta feroz. Mr. Lee estava caído em frente à lareira, degolado, sobre uma poça de sangue.

— Ele não poderia ter feito sozinho? — perguntou o chefe de polícia, com rispidez.

Sugden negou com a cabeça.

— Impossível, senhor. Para começar, havia as cadeiras e mesas reviradas, a porcelana e os ornamentos quebrados, e não havia sinal da navalha ou da faca com que o crime foi cometido.

O chefe de polícia falou, pensativo:

— Sim, parece conclusivo. Alguém no quarto?

— A maior parte da família, senhor. Parados em volta.

— Alguma ideia, Sugden?

— É um caso complicado, senhor. Me parece que foi um deles. Não vejo como poderia ter sido cometido por alguém externo que tivesse como sair a tempo.

— E quanto à janela? Fechada ou aberta?

— Há duas janelas no quarto, senhor. Uma estava fechada e trancada. A outra estava alguns centímetros aberta na parte inferior. Mas estava fixada naquela posição por uma tranca de segurança e, no mais, já testei e está emperrada... Diria que não é aberta há anos. Além disso, a parede por fora é lisa e está intacta. Não há hera nem trepadeira. Não vejo como alguém poderia ter saído por ali.

— Quantas portas há no quarto?

— Apenas uma. O quarto fica no final de um corredor. E a porta estava trancada por dentro. Quando correram para o andar de cima, ao ouvirem o barulho da altercação e o grito do idoso ao sucumbir, tiveram que derrubar a porta para entrar.

— E quem estava no quarto? — perguntou Johnson de modo incisivo.

— Ninguém, senhor, fora o idoso assassinado havia poucos minutos.

VII

Coronel Johnson ficou olhando para Sugden por alguns minutos antes de se precipitar:

— Está querendo me dizer, superintendente, que é um daqueles casos danados que se vê em histórias de detetive, quando um homem é morto numa sala fechada, aparentemente por algum elemento sobrenatural?

Um levíssimo sorriso agitou-se no bigode do superintendente enquanto ele respondia, com toda a seriedade:

— Não creio que seja tão ruim assim, senhor.

— Suicídio. Deve ter sido suicídio! — disse o coronel.

— Se fosse o caso, onde estaria a arma? Não, senhor, suicídio não fecha.

— Então como o assassino escapou? Pela janela?

Sugden negou com a cabeça.

— Posso jurar que não foi o que ele fez.

— Mas a porta estava trancada, como o senhor disse, por dentro.

O superintendente assentiu. Ele puxou uma chave do bolso e colocou na mesa.

— Nada de digitais — afirmou. — Mas veja a chave, senhor. Dê uma olhada com esta lupa.

Poirot curvou-se para a frente. Ele e Johnson analisaram a chave juntos. O chefe de polícia fez uma exclamação.

— Misericórdia! Sim, entendi. Estes arranhados na ponta da haste. Está vendo, Poirot?

— Sim, estou. Isto significa que a chave foi girada pelo outro lado da porta, não é mesmo? Girada a partir de um recurso especial que passou pelo buraco da fechadura e segurou a haste. Quem sabe um alicate comum.

O superintendente assentiu.

— É possível.

— A ideia seria, portanto, que a morte deveria ser pensada como suicídio, já que a porta estava trancada e não havia ninguém no quarto — comentou Poirot.

— Essa era a ideia, *monsieur* Poirot, e devo dizer que não há dúvida de que foi o pensado.

Poirot meneou a cabeça em dúvida.

— Mas a bagunça no quarto! Como o senhor diz, isso por si só já exclui a ideia de suicídio. É certo que o assassino primeiramente teria ajeitado o quarto.

— Mas ele não teve *tempo*, Mr. Poirot. Esta é a questão. Ele não teve tempo — repetiu o superintendente. — Digamos que ele contava em pegar o idoso de supetão. Bom, não deu certo. Houve uma briga. Uma briga que se ouviu no aposento de baixo. Além disso, o idoso gritou pedindo socorro. Todos vieram correndo. O assassino só teve tempo de escapulir do quarto e girar a chave pelo lado de fora.

— É verdade — admitiu Poirot. — O assassino pode ter se atrapalhado. Mas por que, oh, por que ele não deixou pelo menos a arma? Pois, naturalmente, se não há arma, não pode ser suicídio! Foi um erro dos mais sérios.

— Criminosos costumam cometer erros — comentou o superintendente, impassível. — Sabemos por experiência.

Poirot deu um leve suspiro.

— Mas, de qualquer modo, apesar dos erros, ele conseguiu escapar do crime — apontou Poirot.

— Não creio que ele tenha *escapado*.

— Está dizendo que ele ainda está na casa?

— Não vejo onde mais possa estar. Foi um serviço interno.

— Mas, *tout de même* — ressaltou Poirot educadamente —, ele fugiu em um sentido: *o senhor não sabe quem ele é*.

— Creio que logo saberemos — respondeu Sugden, com delicadeza, mas firme. — Ainda não fizemos nenhum questionamento na residência.

— Veja bem, Sugden: uma coisa me ocorre — interrompeu o coronel. — Quem girou aquela chave pelo lado de fora devia ter algum conhecimento do serviço. Ou seja, tinha experiência em fazer isso. Não é fácil lidar com esse tipo de ferramenta.

— O senhor está dizendo que foi um serviço profissional?

— É o que estou dizendo, sim.

— É o que parece — admitiu o outro. — Neste sentido, poderia haver um ladrão profissional entre a criadagem. Explicaria os diamantes terem sido levados e o assassinato seria a sequência lógica.

— Algo de errado com esta teoria?

— Foi o que eu mesmo pensei no início. Mas é complexo. Há oito criados na casa; seis são mulheres e, destas seis, cinco fazem parte do quadro há quatro anos ou mais. Depois, temos o mordomo e o lacaio. O mordomo tem quase quarenta anos de casa. Devo dizer que é praticamente um recorde. O lacaio é da cidade, filho de um jardineiro, e foi criado aqui. Não vejo como poderia ser um profissional. A única outra pessoa é o cuidador de Mr. Lee. Em comparação aos outros, ele é novo. Mas não estava na casa... e ainda não voltou. Saiu antes das 20 horas.

— Tem uma lista de quem estava na casa? — perguntou o Coronel Johnson.

— Tenho, senhor. Consegui com o mordomo. — Ele pegou a caderneta. — Posso ler?

— Por favor, Sugden.

— Mr. e Mrs. Alfred Lee. O deputado Mr. George Lee e a esposa. Mr. Henry Lee. Mr. e Mrs. David Lee. Miss... — fez uma pausa, escolhendo as palavras com cuidado — Pilar... — pronunciou o nome como se fosse um elemento arquitetônico — Estravados. Mr. Stephen Farr. Depois, os criados: Emily Reeves, cozinheira. Queenie Jones, auxiliar de cozinha. Gladys Spent, servente-chefe. Grace Best, segunda servente. Beatrice Moscombe, terceira servente. Joan Kench, intermediária. Sydney Horbury, cuidador.

— São todos os criados?

— São, este é o quadro completo.

— Alguma ideia de onde estava cada um no momento do assassinato?

— Apenas por cima. Como já disse aos senhores, ainda não interroguei ninguém. Segundo Tressilian, os cavalheiros ainda estavam na sala de jantar. As senhoras haviam ido para a sala de estar. Tressilian havia servido café. Segundo o depoimento do mordomo, ele havia acabado de voltar para a despensa quando ouviu o barulho no andar de cima, que foi seguido por um grito. Ele correu pelo corredor e subiu a escada logo após os outros.

— Quantos da família residem na casa e quem está apenas de passagem? — disse o Coronel Johnson.

— Mr. e Mrs. Alfred Lee moram aqui. Os outros estão visitando.

Johnson assentiu com a cabeça.

— Onde estão todos?

— Pedi que ficassem na sala de estar até que eu estivesse pronto para tomar os depoimentos.

— Entendo. Bom, é melhor subirmos e darmos uma olhada.

O superintendente abriu caminho pela ampla escada e pela passagem.

Ao entrar na sala onde o crime havia ocorrido, Johnson respirou fundo.

— Que horror — comentou.

Ele parou um instante para analisar as cadeiras viradas, a porcelana quebrada e os detritos ensanguentados.

Um homem idoso e magro levantou-se do ponto onde estava ajoelhado, perto do corpo, e assentiu.

— Noite, Johnson — disse. — Que bagunça, hein?

— É o que eu diria. Tem alguma coisa para nós, doutor?

O doutor deu de ombros e sorriu.

— Vou deixar o linguajar científico para o inquérito! Não tem nada de complicado. Foi degolado como um porco. Sangrou até morrer em menos de um minuto. Nem sinal da arma.

Poirot cruzou o quarto até chegar às janelas. Como o superintendente havia dito, uma estava fechada e trancada, e a outra estava aberta aproximadamente dez centímetros na parte de baixo. Um parafuso reforçado do tipo que se chamava de tranca antirroubo anos atrás estava preso naquela posição.

— Segundo o mordomo, aquela janela nunca foi fechada, fizesse chuva ou sol — contou Sugden. — Há um tapete de linóleo no piso, caso a chuva entrasse. Mas não entrava muito, pois o beiral do telhado protegia.

Poirot assentiu.

Ele voltou ao corpo e ficou olhando o idoso.

Os lábios estavam retraídos das gengivas exangues, como se ele estivesse resmungando. Os dedos estavam curvados em garra.

— Não me parece um homem forte — comentou Poirot.

— Era muito forte, creio eu — disse o médico. — Ele havia sobrevivido a muitas doenças sérias, que teriam matado a maioria.

— Não foi o que eu quis dizer. Quis dizer que ele não era grande, que não era fisicamente forte.

— Não, ele é bastante frágil.

Poirot deu as costas ao falecido. Agachou-se para examinar uma cadeira virada, grande, de mogno. Ao lado dela, havia uma mesa redonda também de mogno e os fragmentos de um grande abajur de porcelana. Duas cadeiras menores estavam caídas por perto. Completavam os destroços os cacos de um decantador de vinho e dois copos, um peso de papel de vidro que saiu ileso, livros variados, um grande vaso japonês em caquinhos e a estatueta de bronze de uma moça nua.

Poirot ajoelhou-se sobre todas as provas e, sem tocá-las, analisou-as com atenção. Perplexo, franziu o cenho.

— Algo chamou atenção, Poirot? — perguntou o chefe de polícia.

Hercule Poirot deu um suspiro.

— Um velho tão frágil, tão ressequido... e ainda assim... tanta coisa — murmurou.

Johnson parecia confuso. Ele virou-se e disse ao sargento, que estava ocupado:

— E quanto a digitais?

— Muitas, senhor, por todo o quarto.

— E quanto ao cofre?

— Nada. As únicas digitais são as do próprio idoso.

Johnson se virou para o médico.

— E manchas de sangue? — perguntou. — É certo que quem o matou deve ter ficado sujo.

— Não necessariamente — comentou o médico em tom duvidoso. — A hemorragia foi quase totalmente da jugular. Não iria jorrar como de uma artéria.

— Claro, claro. Mas ainda assim parece muito sangue.

— Sim, tem bastante sangue — concordou Poirot. — É de surpreender. Muito sangue.

— O senhor, hã... isso lhe sugere algo, Mr. Poirot? — perguntou o superintendente, respeitoso.

Poirot olhou em volta. Sacudiu a cabeça, confuso.

— Há alguma coisa aqui... Certa violência... — Ele parou um minuto, depois prosseguiu: — Sim, é isso... *violência*. E sangue. A insistência de *sangue*... Há... como vou dizer? Há *sangue demais.* Sangue nas cadeiras, nas mesas, no tapete... Um ritual de sangue? O sangue do sacrifício? Seria isso? Talvez. Um homem tão frágil, tão magro, tão debilitado, tão ressequido... Ainda assim, à hora da morte, *tanto sangue*...

Sua voz se perdeu.

— Engraçado... Foi o que ela disse, a senhora... — falou o Superintendente Sugden, olhando para ele com olhos arregalados e admiração na voz.

— Qual senhora? O que foi que ela disse? — perguntou Poirot, ríspido.

— Mrs. Lee... Mrs. Alfred — respondeu Sugden. — Estava parada na porta e foi quase um sussurro. Não fez sentido para mim.

— O que foi que ela disse?

— Algo como "quem diria que o velho tinha tanto sangue"...

— "*Quem diria que o velho tinha tanto sangue em si...?*" — indagou Poirot, em tom baixo. — As palavras de Lady Macbeth. Foi isso que ela disse? Que interessante...

VIII

Alfred Lee e a esposa entraram no pequeno escritório onde Poirot, Sugden e o chefe de polícia os aguardavam. O Coronel Johnson tomou a frente.

— Como vai, Mr. Lee? Não nos conhecemos pessoalmente, mas, como sabe, sou chefe de polícia do condado. Meu nome é Johnson. Não tenho como dizer o quanto lamento pelo ocorrido.

— Obrigado — falou Alfred, com voz rouca e os olhos castanhos como os de um cão sofrido. — É terrível... muito terrível. Eu... esta é a minha esposa.

— Foi um choque enorme para meu marido — comentou Lydia. — Para todos nós... mas especialmente para ele. — Sua mão estava sobre o ombro do marido.

— Por que não se senta, Mrs. Lee? — sugeriu Johnson. — Deixe-me apresentar *monsieur* Hercule Poirot.

Poirot fez uma mesura. Seus olhos passaram do marido à esposa, com muito interesse.

As mãos de Lydia pressionaram gentilmente o ombro de Alfred.

— Sente-se, Alfred.

Alfred se sentou.

— Hercule Poirot. Ora, quem... quem...? — indagou ele, passando a mão pela testa, um tanto confuso.

— O coronel tem várias perguntas, Alfred — falou Lydia.

O chefe de polícia dirigiu um olhar de aprovação à esposa. Estava grato por Mrs. Alfred Lee se mostrar uma mulher sensata e competente.

— É claro, é claro... — disse Alfred.

Johnson falou para si: "Parece que o choque o derrubou. Espero que consiga se recompor, ao menos um pouco."

— Tenho aqui uma lista de todos que estavam na casa esta noite — comentou Johnson. — O senhor poderia me confirmar se está correta, Mr. Lee?

Ele fez um leve sinal para Sugden e este puxou sua caderneta, mais uma vez repassando a lista de nomes.

O procedimento metódico aparentemente fez Alfred Lee voltar a seu estado normal. Ele havia reconquistado o comando de si, seus olhos não pareciam mais atordoados e fixos. Quando Sugden terminou, ele mexeu a cabeça em concordância.

— Está certo.

— Vocês se importam em me dizer um pouco mais sobre nossos convidados? Posso supor que Mr. e Mrs. George Lee, e Mr. e Mrs. David Lee são da família, sim?

— São meus irmãos mais novos e suas esposas.

— Estão apenas de passagem por aqui?

— Sim, vieram para o Natal.

— Mr. Henry Lee também é seu irmão?

— É.

— E os outros dois hóspedes? Miss Estravados e Mr. Farr?

— Miss Estravados é minha sobrinha. Mr. Farr é filho do antigo sócio de meu pai na África do Sul.

— Ah, um velho amigo.

— Não, na verdade nunca o havíamos visto — interveio Lydia.

— Entendo. Mas o convidaram para passar o Natal?

Alfred hesitou, depois olhou para a esposa.

— Mr. Farr apareceu ontem de forma deveras inesperada — contou ela. — Aconteceu de ele estar na vizinhança e veio fazer uma visita a meu sogro. Quando meu sogro descobriu que era o filho de seu velho amigo e sócio, insistiu que passasse o Natal conosco.

— Entendi — disse Johnson. — Está explicado quanto aos moradores. Em relação à criadagem, Mrs. Lee, a senhora considera todos de confiança?

Lydia pensou por um instante antes de responder.

— Considero. Tenho certeza de que são todos de plena confiança. A maioria está conosco há muitos anos. Tressilian, o mordomo, está aqui desde que meu marido era criança. Os únicos recém-chegados são a intermediária, Joan, e o enfermeiro-cuidador de meu sogro.

— O que diria deles?

— Joan é meio bobinha. Não há nada de pior a se dizer. De Horbury, sei muito pouco. Está aqui há pouco mais de um ano. Era muito competente no serviço e meu sogro parecia satisfeito.

— Já a madame não estava tão satisfeita? — perguntou Poirot.

Lydia deu de ombros.

— Não me dizia respeito.

— Mas a madame é a senhora da casa. Os criados não lhe dizem respeito?

— Ah, sim, é claro. Mas Horbury era o preposto pessoal de meu sogro. Não fazia parte da minha jurisdição.

— Entendi.

— Agora passemos aos fatos da noite — sugeriu Johnson. — Sinto dizer que será doloroso para Mr. Lee, mas quero seu relato do que se passou.

— É claro — respondeu Alfred em voz baixa.

— Para iniciarmos, quando o senhor viu seu pai pela última vez? — questionou Johnson.

Um leve espasmo magoado cruzou o rosto de Alfred enquanto respondia, em voz baixa:

— Depois do chá. Passei pouco tempo com ele. Dei boa noite e o deixei sozinho... Deixe-me ver... Por volta das 17h45.

— O senhor lhe deu boa noite? Não esperava revê-lo hoje ainda? — observou Poirot.

— Não. A ceia de meu pai, que é uma refeição leve, sempre lhe era trazida às sete horas. Depois, às vezes ele se deitava bem cedo e às vezes ficava na sua poltrona, mas não voltava a ver os familiares. A não ser que mandasse chamar algum em especial.

— E chamava com frequência?

— De vez em quando. Se tivesse vontade.

— Mas não era o procedimento comum?

— Não.

— Prossiga, por favor, Mr. Lee.

— Jantamos às oito em ponto. O jantar havia acabado e minha esposa e as outras senhoras foram para a sala de estar. — Sua voz falhou. Os olhos voltaram a ficar fixos. — Estávamos sentados lá... na mesa... De repente houve o mais estarrecedor dos barulhos. Cadeiras virando, móveis quebrando, porcelana e vidro se partindo, e depois... Ai, Deus — ele estremeceu —, ainda consigo ouvir... Meu pai gritou... um grito horrível, prolongado... o grito de um homem em agonia mortal...

Ele ergueu as mãos trêmulas para cobrir o rosto. Lydia esticou a mão e tocou sua manga.

— E depois? — perguntou Johnson, com delicadeza.

— Acho que... por um instante ficamos *pasmos* — respondeu Alfred, com a voz debilitada. — Depois nos levantamos, saímos pela porta e subimos a escada até o quarto do meu pai. A porta estava trancada. Não foi possível entrar. Tivemos que arrombar. Quando conseguimos, vimos...

Sua voz sumiu.

— Não há necessidade de entrar neste quesito, Mr. Lee — interveio Johnson. — Voltemos um pouco, ao momento em que estava na sala de jantar. Quem estava com o senhor quando ouviu o grito?

— Quem estava? Ora, estávamos todos... Não, deixe-me ver. Meu irmão estava... meu irmão Harry.

— E mais ninguém?

— Mais ninguém.

— Onde estavam os outros cavalheiros?

Alfred deu um suspiro e franziu o cenho com o esforço de puxar a memória.

— Deixe-me ver... Parece que faz tanto tempo... anos... O que aconteceu? Ah, claro. George foi usar o telefone. Então, começamos a tratar de assuntos da família, e Stephen Farr disse algo no sentido de que queríamos discutir assuntos que não lhe diziam respeito, e se retirou. Foi educado e diplomático.

— E seu irmão David?

Alfred franziu o cenho.

— David? Ele não estava? Não, é claro, não estava. Não sei bem por que ele sumiu.

— Então, os senhores tinham assuntos de família a discutir? — indagou Poirot.

— Hã... sim.

— Ou seja, tinham assuntos a discutir com *um* familiar?

— O que o senhor quer dizer, *monsieur* Poirot? — perguntou Lydia.

Ele virou-se para ela rapidamente.

— Madame, seu marido diz que Mr. Farr os deixou a sós porque viu que tinham assuntos de família a discutir. Mas não era um *conseil de famille*, já que nem *monsieur* David nem *monsieur* George estavam. Era, portanto, uma discussão apenas entre dois familiares.

— Meu cunhado Harry passou muitos anos no exterior. Era natural que ele e meu marido tivessem assuntos a tratar.

— Ah! Entendi. Foi assim, então.

Ela lhe disparou um olhar rápido, depois desviou os olhos.

— Bom, isto parece claro. Notou outra pessoa quando subiu para o quarto do seu pai? — perguntou Johnson.

— Eu... eu não sei mesmo. Acho que notei. Cada um veio de uma direção. Mas, infelizmente, não prestei atenção... estava muito alarmado. Aquele grito horrível...

Coronel Johnson passou rapidamente a outro assunto.

— Obrigado, Mr. Lee. Agora, temos outra questão. Eu soube que seu pai estava de posse de diamantes de grande valor.

Alfred pareceu surpreso.

— Sim. É verdade.

— Onde ele os guardava?

— No cofre do quarto.

— Pode descrevê-los?

— Eram diamantes brutos. Ou seja, pedras não lapidadas.

— Por que seu pai os guardava aqui?

— Por uma excentricidade. Eram pedras que ele havia trazido consigo da África do Sul e nunca mandara lapidar. Gostava de tê-las com ele. Como eu disse, era uma excentricidade.

— Entendi — disse o chefe de polícia. Era evidente, pelo tom de voz, que ele não entendia. Mas prosseguiu: — Eram de muito valor?

— Meu pai estimava um valor aproximado de dez mil libras.

— Então, eram pedras de *altíssimo* valor?

— Eram.

— Me parece muito esquisito guardar pedras assim em um cofre no quarto.

— Meu sogro, Coronel Johnson, era um homem um tanto quanto peculiar — interrompeu Lydia. — Suas ideias fugiam do convencional. Ele tinha muito prazer em tocar naquelas pedras.

— Faziam-no lembrar do passado, talvez... — disse Poirot.

Ela lhe dirigiu um olhar rápido de concordância.

— Faziam — disse ela. — Acho que faziam.

— Tinham seguro? — perguntou o chefe de polícia.

— Acho que não.

Johnson se curvou para a frente.

— O senhor sabia que essas pedras foram roubadas, Mr. Lee? — perguntou ele em voz baixa.

— O quê?

Alfred Lee o encarou.

— Seu pai não lhe disse nada quanto a elas terem desaparecido?

— Nem um pio.

— O senhor não sabia que ele havia mandado chamar o Superintendente Sugden, aqui presente, e que havia informado a perda?

— Eu não tinha a menor ideia disso!

O chefe de polícia transferiu seu olhar.

— E a senhora, Mrs. Lee?

Lydia fez que não.

— Não ouvi nada a respeito.

— Até onde a senhora sabia, as pedras ainda estavam no cofre?

— Sim. — Ela hesitou e depois perguntou: — Por isso que ele foi morto? Por causa daquelas pedras?

— É o que vamos descobrir! — respondeu Johnson. — A senhora tem ideia, Mrs. Lee, de quem poderia ter engendrado um roubo desses?

Ela negou com a cabeça.

— Não mesmo. Tenho certeza de que toda a criadagem é honesta. De qualquer maneira, seria muito difícil eles chegarem ao cofre. Meu sogro estava sempre no quarto. Ele nunca ia lá para baixo.

— Quem frequentava o quarto?

— Horbury. Ele que arrumava a cama e tirava o pó. A segunda servente subia para limpar a grade e preparar a lareira todas as manhãs, mas Horbury fazia todo o resto.

— Então Horbury seria a pessoa com melhor oportunidade? — observou Poirot.

— Seria.

— A senhora acha que foi ele que roubou os diamantes, portanto?

— É possível. Creio eu... Ele teve mais oportunidades. Ah! Não sei o que pensar.

— Seu marido nos fez o relato da noite — comentou Johnson. — Pode fazer a mesma coisa, Mrs. Lee? Quando viu seu sogro pela última vez?

— Estávamos todos no quarto dele esta tarde... antes do chá. Foi a última vez que o vi.

— A senhora não o viu depois para dar boa noite?

— Não.

— A senhora costuma subir para lhe dar boa noite? — perguntou Poirot.

— Não — respondeu Lydia em tom veemente.

— Onde a senhora estava quando o crime ocorreu? — prosseguiu o chefe de polícia.

— Na sala de estar.

— E ouviu o barulho da altercação?

— Acho que ouvi uma coisa cair. O quarto de meu sogro fica acima da sala de jantar, não da sala de estar, então eu não tinha como ouvir muita coisa.

— Mas ouviu o grito?

Lydia sentiu um calafrio.

— Sim, ouvi... Foi horrível. Foi como... como uma alma no inferno. Soube de imediato que algo temível havia acontecido. Corri para fora e acompanhei meu marido e Harry escada acima.

— Quem mais estava na sala de estar naquele momento?

Lydia franziu o cenho.

— Ora… não consigo me lembrar. David estava no aposento ao lado, a sala de música, tocando Mendelssohn. Acho que Hilda havia entrado para acompanhá-lo.

— E as outras duas senhoras?

— Magdalene tinha ido dar um telefonema — respondeu Lydia. — Não consigo lembrar se ela voltou ou não. Não sei onde Pilar estava.

— Então, a senhora podia muito bem estar sozinha na sala de estar? — falou Poirot com delicadeza.

— Sim… podia… aliás, creio que estava.

— Quanto aos diamantes… Creio que precisamos ter plena certeza — comentou Johnson. — Sabe a combinação do cofre de seu pai, Mr. Lee? Vi que é um modelo um tanto antiquado.

— O senhor encontrará a combinação por escrito numa pequena caderneta que ele guardava no bolso do roupão.

— Ótimo. Vamos conferir de imediato. Mas acho que seria melhor, antes, conversar com os outros moradores da casa. Talvez as damas queiram ir para a cama.

Lydia levantou-se.

— Venha, Alfred. — Ela se virou para eles. — Querem que eu mande alguém vir?

— Um a um, se não se importar, Mrs. Lee.

— Claro.

Ela foi na direção da porta. Alfred a seguiu.

De repente, no último instante, ele deu meia-volta.

— É claro! — Ele se voltou rápido a Poirot. — O senhor é Hercule Poirot! Não sei onde estava meu bom senso. Eu deveria ter percebido de imediato.

Ele falava depressa, com voz baixa, mas empolgada.

— É um presente divino o senhor aqui! O senhor precisa descobrir a verdade, *monsieur* Poirot. Não se preocupe com custos! Serei o responsável por qualquer despesa. *Mas descubra*… Meu pobre pai… morto por alguém… morto com toda essa brutalidade! O senhor *precisa* descobrir, *monsieur* Poirot. Meu pai tem que ser vingado.

— Garanto, *monsieur* Lee, que estou preparado e vou dar o meu máximo para auxiliar Coronel Johnson e o Superintendente Sugden — respondeu Poirot tranquilamente.

— Quero que trabalhe para *mim*. Meu pai tem que ser vingado — respondeu Alfred.

Ele começou a tremer violentamente. Nisso, Lydia voltou. Ela foi até o marido e passou um braço pelo dele.

— Venha, Alfred — disse. — Temos que chamar os outros.

Os olhos dela encontraram os de Poirot. Eram olhos que guardavam segredos próprios, e que não titubeavam.

— *Quem diria que o velho*... — falou Poirot com suavidade.

— Pare! Não fale assim! — interrompeu ela.

— Foi a *senhora* que falou, madame — balbuciou Poirot.

— Eu sei... Eu lembro... Foi... tão horrível — respondeu ela com toda a suavidade.

Então, abruptamente, ela deixou o aposento com o marido ao lado.

IX

George Lee foi formal e correto.

— Que situação horrível — disse ele, balançando a cabeça. — Horrível, horrível mesmo. Só consigo crer que deve ter sido... hã... que deve ter sido obra de um *lunático*!

— É esta a sua teoria, senhor? — perguntou Johnson, educadamente.

— Sim. Sim, de fato. Um maníaco homicida. Fugido de algum sanatório das redondezas, quem sabe.

— E como o senhor sugere que este... hã... lunático tenha conseguido acesso à casa, Mr. Lee? E como saiu? — interveio Sugden.

George negou com a cabeça.

— Isto — disse ele, com firmeza — cabe à polícia descobrir.

— Fizemos a ronda da casa na mesma hora — respondeu Sugden. — Todas as janelas estavam fechadas e trancadas. A porta lateral estava trancada, assim como a da frente. Ninguém teria como sair pelas dependências da cozinha sem ser visto pela equipe presente.

— Mas isso é absurdo! — exaltou-se George. — Daqui a pouco vão dizer que meu pai nem foi assassinado!

— Sim, assassinado ele foi — disse o Superintendente Sugden. — Disso não há dúvida.

O chefe de polícia pigarreou e assumiu o interrogatório.

— E onde o senhor estava, Mr. Lee, no momento do crime?

— Na sala de jantar. Foi pouco após o jantar. Não! Creio que estava aqui. Tinha acabado de encerrar um telefonema.

— O senhor estava telefonando?

— Estava. Eu havia feito uma ligação para o representante do partido em Westeringham. Meu eleitorado. Assuntos urgentes.

— E foi depois disso que o senhor ouviu o grito?

George Lee ficou um pouco estremecido.

— Sim, foi muito desagradável. Foi, hã, de congelar a medula. O grito se apagou numa espécie de sufoco ou engasgo.

Ele puxou um lenço e limpou a testa onde a transpiração havia irrompido.

— Que situação horrível — resmungou.

— E então o senhor correu para cima?

— Corri.

— E viu seus irmãos, Mr. Alfred e Mr. Harry Lee?

— Não, creio que eles foram na minha frente.

— Quando viu seu pai pela última vez, Mr. Lee?

— Esta tarde. Estávamos todos lá em cima.

— E o senhor não o viu depois?

— Não.

O chefe de polícia fez uma pausa.

— O senhor está ciente de que seu pai guardava certa quantidade de diamantes não lapidados no cofre do quarto?

George Lee assentiu.

— Uma medida insensatíssima — disse ele, cheio de pompa. — Eu costumava adverti-lo. Ele podia ser assassinado por esses diamantes... Quer dizer... é o que se diz...

— O senhor está ciente de que as pedras desapareceram? — interveio Johnson.

George ficou de queixo caído. Seus olhos protuberantes ficaram fixos.

— Então ele *foi* assassinado por causa dos diamantes?

— Ele estava ciente do desaparecimento das pedras e informou à polícia poucas horas antes de morrer — respondeu o chefe de polícia lentamente.

— Mas, então... eu não entendo... eu... — disse George.

— Também não entendemos... — falou Hercule Poirot.

X

Harry Lee chegou ao quarto com certo ar de arrogância. Por um instante, Poirot o encarou e franziu o cenho. Tinha a sensação de já ter visto aquele homem em algum lugar. Checou as feições: o nariz alto, a postura insolente da cabeça, o desenho do queixo; e percebeu que, embora Harry fosse um homem de grande porte e o pai fosse de altura apenas mediana, havia uma grande dose de semelhança entre os dois.

Ele percebeu mais uma coisa, também: apesar de todo o orgulho, Harry Lee estava nervoso. Ele mantinha a pose, mas a tensão subjacente era real.

— Então, senhores — disse ele. — Como posso ajudar?

— Ficaremos contentes com qualquer luz que o senhor possa lançar sobre os acontecimentos desta noite — falou Johnson.

Harry Lee fez que não.

— Não sei de nada. Foi horrível e absolutamente inesperado.

— Creio que o senhor voltou recentemente do exterior, não é, Mr. Lee? — observou Poirot.

Harry virou-se para ele rapidamente.

— Sim. Desembarquei na Inglaterra há uma semana.

— Fazia tempo que o senhor estava fora? — perguntou Poirot.

Harry Lee ergueu o queixo e riu.

— É melhor os senhores ouvirem de uma vez, pois alguém vai contar logo mais. Sou o filho pródigo, cavalheiros! Faz quase vinte anos que não ponho os pés nesta casa.

— Mas o senhor voltou. Justamente agora. Pode nos dizer por quê? — perguntou Poirot.

Aparentando a mesma franqueza, Harry respondeu prontamente:

— Seguindo a boa e velha parábola. Cansei das bolotas que os porcos comiam... ou não comiam, esqueci como é. Comecei a pensar que valeria a pena um "bezerro gordo". Recebi uma carta de meu pai sugerindo que eu voltasse para casa. Aquiesci à convocação e vim. É isto.

— O senhor veio para uma visita rápida... ou longa? — quis saber Poirot.

— Vim para casa... de vez!

— Era o que seu pai queria?

— O velho ficou encantado. — Ele riu de novo. Os cantos dos olhos se enrugaram. — Ele achava muito chato morar aqui com Alfred! Alfred é um chato de galocha... Muito honrado e tudo mais, mas péssima companhia. Meu pai já foi meio inconveniente no passado. Estava ansioso pela minha companhia.

— E seu irmão e a esposa dele, ficaram contentes que o senhor viria morar aqui?

Poirot fez a pergunta com um leve erguer das sobrancelhas.

— Alfred? Alfred ficou roxo de raiva. Não sei de Lydia. Provavelmente se incomodou por simpatia ao marido. Mas não tenho dúvida de que com o tempo ela ficaria contente. Gosto dela. É uma mulher encantadora. Acho que eu ia me acertar com ela. Alfred era outra história. — Ele riu de novo. — Alfred sempre sentiu muito ciúme de mim. Ele sempre foi o filho bonzinho e obediente, o que fica em casa e não tem iniciativa. E, no final das contas, ele ia conseguir o quê com isso? O que o bom moço de família sempre leva: um chute nos fundilhos. Aprendam comigo, cavalheiros: a virtude não compensa.

Ele olhou de um rosto a outro.

— Espero que não se choquem com minha franqueza. Mas, afinal de contas, o que os senhores buscam é a verdade. Ao final, os senhores deixarão toda a roupa suja da família à mostra. É bom que eu mostre a minha desde já. Não fico particularmente comovido pela morte do meu pai. Afinal de contas, eu não via o diabo velho desde que era garoto. Ainda assim, era meu pai e foi assassinado. Quero me vingar do assassino. — Ele coçou o queixo, olhando para eles. — Somos veementes quanto à vingança na família. Nenhum Lee esquece fácil. Quero garantia de que o assassino de meu pai seja capturado e enforcado.

— O senhor pode ter certeza de que faremos o melhor, Mr. Lee — disse Sugden.

— Se não, terei que fazer a lei com as próprias mãos — comentou Harry Lee.

— Tem alguma ideia em relação à identidade do assassino, então, Mr. Lee? — falou o chefe de polícia com rispidez.

Harry fez que não.

— Não — respondeu devagar. — Não... não tenho. É um baque, sabe? Porque venho pensando nisso... E não creio que possa ter sido alguém de fora...

— Ah — disse Sugden, concordando com a cabeça.

— E, se for isso mesmo — disse Harry —, então alguém dentro da casa o matou... Mas quem seria esse diabo? Não há como suspeitar da criadagem. Tressilian está aqui desde o início dos tempos. O lacaio miolo mole? De jeito nenhum. Horbury... olha, é bom candidato, mas Tressilian me disse que ele estava no cinema. Então, quem nos resta? Desconsiderando Stephen Farr... Afinal, por que diabos Stephen Farr viria lá da África do Sul para matar um desconhecido...? Temos apenas a família. E, da minha parte, não vejo como teria sido algum de nós. Alfred? Ele amava papai. George? Não tem culhões. David? David sempre foi do mundo da lua. Ele desmaiaria se visse um corte no dedo. As esposas? Mulheres não saem degolando um homem a sangue frio. Então quem foi? Bendito seja eu se souber. Mas é perturbador.

Coronel Johnson pigarreou, como era seu hábito oficial.

— Quando foi a última vez que viu seu pai esta noite?

— Depois do chá. Ele havia acabado de ter uma discussão com Alfred, por conta deste que vos fala. O velho estava sempre prestes a soltar um coice. Gostava de provocar uma encrenca. Na minha opinião, foi por isso que escondeu minha volta dos outros. Ele queria ver o circo pegar fogo quando eu aparecesse de supetão! Por isso também que falou em mexer no testamento.

Poirot se remexeu delicadamente no assento.

— Então seu pai falou do testamento? — balbuciou.

— Falou. Na frente de todos nós, observando como um gato para ver como reagiríamos. Falou com seu camarada advogado para vir aqui e tratar disso depois do Natal.

— Que mudanças ele pensava em fazer? — perguntou Poirot.

— Isso ele não nos contou! — respondeu Harry, sorrindo. — Confie na raposa velha! Eu imagino... ou torço, devo dizer... que a mudança seria em prol deste que vos fala! Creio que eu estava de fora de todos os testamentos até aqui. Agora, creio, eu seria reintegrado. Um tapa na cara dos outros. Pilar também... Ele estava encantado com a menina. Ela ia ganhar uma boa quantia, imagino. Não a viram ainda? Minha sobrinha espanhola. Que coisinha bela, Pilar... com aquele calor adorável do sul... e sua crueldade. Queria não ser tio!

— O senhor está dizendo que seu pai se afeiçoou pela neta?

Harry assentiu.

— Ela sabia como conquistar o velho de jeito. Ficava um bom tempo sentada com ele lá em cima. Aposto que ela sabia bem o que ia ganhar! Bom, ele morreu. Não vai se mudar nenhum testamento em prol de Pilar... nem de mim, para meu azar.

Ele franziu o cenho, pausou por um instante e depois retomou com uma mudança de tom.

— Mas fugi do assunto. Os senhores queriam saber quando foi a última vez que vi meu pai? Como já disse, foi depois do chá... devia ser pouco depois das dezoito horas. O velho estava de bom humor naquela hora... um pouco cansado, talvez. Eu saí e o deixei com Horbury. Nunca mais o vi.

— Onde o senhor estava na hora da morte?

— Na sala de jantar, com meu irmão Alfred. A sessão pós-jantar não foi muito harmoniosa. Estávamos travados em uma discussão mesquinha e aguda quando ouvimos o barulho no andar de cima. Parecia que tinha dez homens brigando. E então o pobre e velho papai gritou. Foi como matar um porco. O som deixou Alfred paralisado. Ele ficou sentado, de queixo caído. Eu o sacudi para ele se reanimar e saímos correndo escada acima. A porta estava trancada. Tive que derrubar. Demandou algum esforço. O que não consigo nem imaginar é como diabos aquela porta acabou trancada. Não havia ninguém no quarto além de papai, e não tinha como alguém fugir pelas janelas.

— A porta foi trancada por fora — comentou Sugden.

— Como é? — Harry ficou olhando. — Mas eu podia jurar que a chave estava por *dentro*.

— Então, o senhor percebeu? — perguntou Poirot.

— Eu percebo as coisas. É um hábito meu. — Ele olhou agudamente de um rosto ao outro. — Algo mais que precisam saber, cavalheiros?

Johnson fez que não.

— Obrigado, Mr. Lee. Por enquanto, não. Talvez o senhor possa pedir para o próximo familiar vir?

— Com certeza.

Ele foi até a porta e saiu sem olhar para trás.

Os três homens se olharam.

— O que foi, Sugden? — perguntou Johnson.

O superintendente balançou a cabeça, em dúvida.

— Ele tem medo de alguma coisa. Do que será...?

XI

Magdalene Lee parou dramaticamente na porta. A mão comprida e esguia tocou o brilho ardente e platinado do cabelo. O vestido de veludo verde-folha se agarrava às linhas delicadas de sua silhueta. Ela parecia muito moça e um tanto assustada.

Os três homens se detiveram por um instante, observando-a. Os olhos de Johnson demonstraram uma admiração surpresa e repentina. O Superintendente Sugden não demonstrou animação, apenas a impaciência de um homem ansioso para dar sequência aos trabalhos. Os olhos de Hercule Poirot davam todo o apreço à moça (do ponto de vista dela), mas era um apreço não pela beleza, e sim pelo uso efetivo que ela fazia da beleza. Ela não sabia que o detetive estava pensando: "*Jolie mannequin, la petite. Mais elle a les yeux durs.*"

O Coronel Johnson pensava: "Que moça atraente. George Lee vai ter problemas se não se cuidar. Chama atenção, sem dúvidas."

O Superintendente Sugden estava pensando: "Que cabeça de vento num pedaço de mau caminho. Espero que nos livremos dela de uma vez."

— Pode se sentar, Mrs. Lee? Deixe-me ver, a senhora é...

— Mrs. George Lee.

Ela aceitou a poltrona com um sorriso cálido de agradecimento. Foi como se o sorriso dissesse: "Afinal de contas, embora você seja homem e da polícia, não é de todo mal."

A rabeira do sorriso incluiu Poirot. Estrangeiros eram muito suscetíveis quando se tratava do gênero feminino. Quanto ao Superintendente Sugden, ela não deu bola.

Ela soltou um murmúrio, torcendo as mãos unidas para demonstrar aflição:

— Tudo tão horrendo. Estou assustada.

— Ora, ora, Mrs. Lee — disse Coronel Johnson, gentilmente, mas com seriedade. — Sei que foi um choque, mas já acabou. Queremos apenas que nos relate o que aconteceu hoje à noite.

— Mas não sei de nada... não sei mesmo — exclamou ela.

Por um instante, os olhos do chefe de polícia se estreitaram.

— Não, claro que não — falou ele com delicadeza.

— Chegamos ontem. George me *obrigou* a vir para o Natal! Preferia não ter vindo. Nunca mais vou me sentir a mesma pessoa!

— Pois é... muito perturbador.

— Eu mal conhecia a família de George, entendem? Só vi Mr. Lee uma ou duas vezes... no nosso casamento e em outra ocasião. Via Alfred e Lydia com mais frequência, mas para mim os dois são estranhos.

Mais uma vez, aqueles olhos de criança assustada. Mais uma vez, o olhar de Hercule Poirot foi de apreço — e mais uma vez ele pensou consigo: "*Elle joue très bien la comédie, cette petite...*"

— Sim, sim — disse Coronel Johnson. — Agora me conte da última vez que viu seu sogro, Mr. Lee, com vida.

— Ah, *isso*! Foi hoje à tarde. Tenebroso!

— Tenebroso? Por quê? — perguntou Johnson, depressa.

— Estavam tão irritados!

— Quem estava irritado?

— Ah, todos... Não estou falando de George. O pai não disse nada para ele. Mas os outros.

— O que aconteceu, exatamente?

— Bom, quando chegamos lá... ele tinha chamado todos... ele estava falando no telefone... com os advogados, sobre o testamento. E então disse que Alfred estava muito sorumbático. Acho que foi porque Harry viria morar na mansão. Creio que Alfred ficou chateado. É que Harry fez uma coisa horrível. E aí ele falou uma coisa sobre a esposa... ela morreu há muito tempo. Disse que a mulher tinha cérebro de piolho. Então, David deu um pulo, fez uma cara de quem queria matá-lo... Ah! — Ela se deteve de repente, com os olhos alarmados. — Não foi o que eu quis *dizer*... Não quis dizer isso!

— Uma... uma figura de linguagem mais forte, nada mais — comentou Johnson, em tom suave.

— Hilda, que é a esposa de David, o acalmou e... bom, acho que é isso. Mr. Lee disse que não queria ver mais ninguém naquela noite. Então saímos todos.

— E foi a última vez que a senhora o viu?

— Foi. Até... até...

Ela estremeceu.

— Sim, exatamente. E onde a senhora estava no momento do crime? — perguntou Johnson.

— Ah, deixe-me ver... acho que eu estava na sala de estar.

— Não tem certeza?

Os olhos de Magdalene pestanejaram e as sobrancelhas se franziram sobre eles.

— É claro! Que burrice da minha parte... Eu tinha ido ao telefone — disse ela. — Às vezes fico confusa.

— A senhora disse que estava telefonando. Nesta sala?

— Sim, era o único telefone na casa, com exceção do que há no andar de cima, no quarto do meu sogro.

— Alguém estava na sala com a senhora? — indagou Sugden.

Seus olhos se arregalaram.

— Não, não. Eu estava sozinha.

— E ficou aqui por muito tempo?

— Bom... um pouco. Leva algum tempo para completar ligações à noite.

— Foi uma chamada de longa distância, então?

— Foi... para Westeringham.

— Entendi.

— E depois?

— E depois ouvi aquele grito horrível... E todos correndo... A porta trancada, que tiveram que arrombar. Oh! Foi um *pesadelo*! Nunca vou me esquecer!

— Não, não. — O tom de Coronel Johnson foi mecanicamente gentil. Ele continuou: — A senhora sabia que seu sogro guardava diamantes de valor no cofre?

— Não. Guardava? — O tom dela era franco quanto à surpresa. — Diamantes de verdade?

— Diamantes que valem aproximadamente dez mil libras — contou Poirot.

— Oh! — Foi uma interjeição suave para quem perde o fôlego, preservando a essência da cupidez feminina.

— Bom — disse Johnson —, acho que é tudo por enquanto. Não precisamos mais incomodá-la, Mrs. Lee.

— Ah, obrigada.

Ela levantou-se, deu um sorriso de garotinha grata de Johnson a Poirot, depois saiu andando com a cabeça altiva e as palmas da mão um pouco viradas para fora.

Coronel Johnson a chamou:

— Pode pedir a seu cunhado, Mr. David Lee, para vir aqui? — pediu Johnson. Depois de fechar a porta, ele voltou à mesa. — Bom, o que acham? Estamos chegando a algum lugar! Percebam uma coisa: George Lee estava telefonando quando ouviu o grito! E a esposa estava telefonando quando ouviu! Não se encaixa... não se encaixa de forma alguma. O que acha, Sugden?

— Não quero falar da dama em tom ofensivo, mas tenho que dizer que, embora ela seja das primeiras que arrancam dinheiro de um cavalheiro, não creio que seja do tipo que cortaria o pescoço de um cavalheiro — comentou Sugden. — Não faz parte de seu metiê.

— Ah, mas nunca se sabe, *mon vieux* — balbuciou Poirot.

O chefe de polícia se virou para ele.

— E você, Poirot, o que acha?

Hercule Poirot inclinou o tronco. Ele ajeitou o mata-borrão à sua frente e tirou uma partícula de poeira de um castiçal.

— Diria que o caráter do finado Mr. Simeon Lee começa a emergir. É aqui, creio eu, que jaz o caso... no caráter do falecido.

O superintendente se virou para ele, intrigado.

— Não o entendi, Mr. Poirot. O que o caráter do falecido tem a ver com seu assassinato?

— O caráter da vítima sempre tem a ver com seu homicídio — respondeu Poirot, em tom devaneador. — A mente franca e ingênua de Desdêmona foi causa direta de sua morte. Uma mulher mais desconfiada teria percebido antes, muito tempo antes, as maquinações de Iago e as teria contornado. A impureza de Marat o levou diretamente a seu fim em uma banheira. Pelo temperamento de Mercúcio veio sua morte à ponta da espada.

Johnson mexeu no bigode.

— Onde exatamente você quer chegar, Poirot?

— Estou contando isso porque Simeon Lee era homem de certa estirpe, que desatou certas forças, forças estas que acabaram por levar à sua morte.

— Você acha que os diamantes não tiveram relação com o crime, então?

Poirot sorriu com a perplexidade sincera no rosto de Johnson.

— *Mon cher* — disse ele. — Foi por conta do caráter peculiar de Simeon Lee que ele guardou dez mil libras de diamantes brutos no cofre! Aí não se vê a atitude de um qualquer.

— É bem verdade, Mr. Poirot — comentou Sugden, assentindo com o ar de um homem que enfim percebe onde um colega verboso quer chegar. — Era uma pessoa curiosa, este Mr. Lee. Ele guardava as pedras ali para poder tirar e recobrar a sensação do passado. Tinha uma dependência, por isso nunca mandou lapidá-las.

Poirot assentiu com vigor.

— Exatamente, exatamente. Vejo que tem grande perspicácia, superintendente.

O superintendente pareceu um pouco duvidoso quanto ao elogio, mas Johnson interveio:

— Tem outra coisa, Poirot. Não sei se lhe ocorreu que…

— *Mais oui* — disse Poirot. — Sei do que vai falar: que Mrs. George Lee deu com a língua nos dentes e não percebeu! Ela nos deu uma ótima noção do último encontro da família. Ela sugeriu... ah, tão ingênua... que Alfred estava irritado com o pai. E que David estava "como se quisesse matá-lo". Creio que ambas as declarações sejam verdadeiras. Mas, a partir delas, podemos fazer nossa própria reconstrução. Por que Simeon Lee teria reunido a família? Por que eles teriam chegado a tempo de ouvi-lo telefonando para o advogado? *Parbleu,* não foi engano. Ele *queria* que ouvissem! O pobre idoso, sentado na cadeira, não tem mais as distrações que tinha na juventude. Então ele inventa uma nova distração para si: diverte-se brincando com a cupidez e a ganância da natureza humana... E sim, também com as emoções e os desejos dos outros! Mas daí advém outra dedução. Neste jogo de estímulo à ganância e à emoção dos filhos, ele não queria omitir ninguém. Ele precisava, por lógica e necessidade, dar sua alfinetada em Mr. George Lee, assim como nos outros! A esposa está cuidadosamente em silêncio. A ela ele também deve ter lançado algumas flechas com seu veneno. Vamos descobrir, creio que a partir dos demais, o que Simeon Lee tinha a dizer a George Lee e à esposa de George Lee...

Ele interrompeu-se. A porta se abriu e David Lee entrou.

XII

David Lee tinha tudo sob controle. Seu comportamento era tranquilo, de uma maneira quase sobrenatural. Ele se aproximou, puxou uma cadeira e se sentou, com um olhar sério e inquisitivo para Coronel Johnson.

A luz elétrica tocou o penacho de cabelo claro que crescia da sua testa e revelou a modelagem delicada de seu rosto. Ele parecia jovem demais para ser filho do velho enrugado e morto no andar de cima.

— Bom, cavalheiros, o que posso lhes contar?

— Eu soube, Mr. Lee, que houve uma espécie de reunião de família no quarto de seu pai esta tarde — comentou Johnson.

— Houve. Mas foi bastante informal. Digo: não foi um concílio familiar nem nada desse tipo.

— O que se deu?

— Meu pai estava rabugento — contou David, com calma. — Ele era velho e inválido, é claro, era preciso dar algum desconto. Parecia que ele havia nos reunido ali para... bom... desatar seu desgosto.

— Consegue se lembrar do que ele disse?

— Foi uma grande besteira. Ele disse que éramos inúteis, todos. Que não havia um homem sequer na família! Disse que Pilar, que é minha sobrinha espanhola, valia dois de cada um de nós. Ele disse... — David interrompeu a fala.

— Por favor, Mr. Lee, as palavras exatas, se possível — pediu Poirot.

— Ele falou com um tom muito grosseiro... — contou David, relutante. — Disse que torcia que tivesse filhos melhores em outro lugar do mundo... mesmo que houvessem nascido do lado de lá da cerca...

Seu rosto delicado revelou o desgosto pelas palavras que repetia. Sugden olhou para cima, repentinamente alerta. Curvando-se para a frente, disse:

— Seu pai disse algo de específico a seu irmão, Mr. George Lee?

— Ao George? Não lembro. Ah, sim, creio que lhe disse que em breve teria que cortar gastos; que teria que reduzir a mesada dele. George ficou muito incomodado, vermelho como um peru. Ele titubeou e disse que não conseguiria viver com menos. Meu pai retrucou, bem frio, que teria que dar um jeito. Que seria melhor ele fazer a esposa ajudá-lo a economizar. Uma alfinetada muito maldosa... George sempre foi o mais econômico. Ele conta cada moedinha. Magdalene, creio eu, é gastadora. Tem gostos extravagantes.

— Então ela também ficou incomodada? — indagou Poirot.

— Ficou. No mais, meu pai disse outra grosseria: comentou que Magdalene havia morado com um oficial da Marinha. É claro que ele se referia ao pai dela, mas falou de um jeito que ficou dúbio. Magdalene ficou da cor de um tomate. Não a recrimino.

— Seu pai mencionou a finada esposa, sua mãe? — perguntou Poirot.

O sangue vermelho fazia ondas pelas têmporas de David. As mãos dele, levemente trêmulas, se agarraram à mesa.

— Sim, falou — respondeu, com a voz baixa e embargada. — Ele a ofendeu.

— O que ele disse? — perguntou Johnson.

— Não lembro. Foi alguma ofensa — respondeu ele, de pronto.

— Faz muitos anos que sua mãe faleceu? — quis saber Poirot, com calma.

— Ela morreu quando eu era garoto — contou David.

— Ela não foi, digamos… muito feliz em vida?

David deu uma risada de escárnio.

— Quem seria feliz com um homem como meu pai? Minha mãe era uma santa. Ela morreu de coração partido.

— Seu pai teria ficado, quem sabe, angustiado com a morte dela? — prosseguiu Poirot.

— Não sei. Eu saí de casa — retrucou David. Depois de uma pausa, continuou: — Talvez os senhores não estejam cientes de que, quando vim para esta visita, fazia quase vinte anos que eu não via meu pai. Portanto, percebam que não posso lhes contar muito sobre os hábitos que ele tinha, seus inimigos e nem sobre o que se passou aqui.

— O senhor sabia que seu pai guardava vários diamantes de altíssimo valor no cofre do quarto? — perguntou Johnson.

— Guardava? Me parece uma imbecilidade — comentou David, com indiferença.

— Pode descrever de forma breve sua movimentação na noite passada? — pediu Johnson.

— A minha? Ah, eu saí da mesa de jantar bem depressa. Eu me entedio de ficar por lá tomando vinho. Além disso, vi que Alfred e Harry estavam engatando uma discussão. Odeio briguinhas. Saí de fininho e fui à sala de música tocar piano.

— A sala de música fica contígua à sala de estar, exato? — perguntou Poirot.

— Sim. Fiquei algum tempo tocando... até... até que aconteceu.

— O que exatamente o senhor ouviu?

— Ah! Um barulho distante, de móveis revirados em algum ponto do andar de cima. E depois um grito, medonho. — Ele fechou as mãos de novo. — Como uma alma no inferno. Nossa, foi terrível!

— O senhor estava sozinho na sala de música? — indagou Johnson.

— Hã? Não, minha esposa, Hilda, estava comigo. Tinha acabado de vir da sala de estar. Nós... nós subimos com os outros. — Ele complementou, rápido e nervoso: — Os senhores não querem que eu descreva o que... o que vi, querem?

— Não, não é necessário — comentou Johnson. — Obrigado, Mr. Lee, não há nada mais. O senhor não teria uma ideia, suponho, de quem poderia ter assassinado seu pai?

— Eu diria que... muita gente! — retrucou ele. — Não sei de ninguém em específico.

Ele saiu com pressa e bateu a porta ao passar.

XIII

Coronel Johnson mal havia tido tempo de soltar um pigarro quando a porta se abriu de novo e Hilda Lee entrou.

Hercule Poirot olhou para ela com interesse. Teve de admitir a si que as esposas com que os Lee haviam se casado mereciam ser objetos de estudo. A inteligência lépida e a postura graciosa de galgo em Lydia, os ares e as graças meretrícios de Magdalene e, agora, a força robusta e tranquila de Hilda. Ele percebeu que ela era mais nova do que seu penteado deselegante e as roupas fora de moda a faziam aparentar. Seu cabelo castanho-claro não tinha nenhum grisalho e seus olhos de avelã, firmes no rosto rechonchudo, brilhavam como faróis de brandura. Ela era, considerou Poirot, uma mulher de confiança.

— ...um esforço muito grande para todos — ia dizendo Johnson, em tom gentil. — Soube pelo seu marido, Mrs. Lee, que é a primeira vez que vem a Gorston Hall?

Ela confirmou com a cabeça.

— Já tivera algum contato com seu sogro, Mr. Lee?

— Não. Nos casamos pouco depois de David sair de casa — respondeu Hilda com voz agradável. — Ele nunca quis saber da família. Até hoje não havíamos visto os outros.

— Então como esta visita ocorreu?

— Meu sogro enviou uma carta. Ele ressaltou a idade em que estava e sua vontade de que todos os filhos passassem o Natal com ele.

— E seu marido respondeu a esse apelo?

— O aceite dele, sinto dizer, foi obra minha — respondeu Hilda. — Eu me equivoquei quanto à situação.

— Faria a gentileza de se explicar com um pouco mais de clareza, madame? — pediu Poirot. — Creio que o que pode nos dizer tem muito de valor.

Ela se virou para ele imediatamente.

— Eu nunca havia visto meu sogro. Não fazia ideia de qual era sua motivação. Supus que fosse velho, solitário e que quisesse se reconciliar com todos os filhos.

— E qual era a motivação real dele, na sua opinião, madame?

Hilda hesitou por um instante.

— Não tenho dúvida... dúvida alguma... de que o que meu sogro queria, genuinamente, não era promover a paz, mas incitar um conflito.

— De que modo?

— Ele se divertia em... em provocar o que há de pior na natureza humana. Havia... Como vou dizer? Uma espécie de espírito travesso, algo de diabólico nele. Ele queria deixar todos os familiares em desacordo.

— E conseguiu? — perguntou Johnson.

— Ah, sim — disse Hilda Lee. — Conseguiu.

— Contaram-nos, madame, uma cena que aconteceu hoje à tarde — comentou Poirot. — Foi, creio eu, uma cena violenta.

Ela confirmou com a cabeça.

— Pode nos descrever... da maneira mais fiel possível, por favor?

Ela refletiu por um minuto.

— Quando entramos, meu sogro estava ao telefone.

— Com o advogado, suponho.

— Sim, ele estava sugerindo que Mr.... seria Charlton?... Não lembro o nome exato... Tinha que vir aqui, pois meu sogro queria redigir um novo testamento. O antigo, afirmou, estava muito defasado.

— Pense com cuidado, madame. Na sua opinião, seu sogro tinha propósito em querer que vocês escutassem o diálogo, ou foi um *acaso* que vocês tenham ouvido? — quis saber Poirot.

— Tenho quase certeza de que ele queria que ouvíssemos.

— Com o objetivo de fomentar dúvidas e desconfianças entre vocês?

— Sim.

— De modo que, na verdade, ele talvez nem tivesse intenção de alterar em nada o testamento?

Ela objetou.

— Não, creio que em parte ele tenha sido genuíno. Provavelmente queria fazer um novo testamento, mas queria reforçar que ia fazê-lo.

— Madame — disse Poirot —, não tenho cargo oficial e minhas perguntas, se me entende, talvez não sejam as que um agente da lei britânico faria. Mas tenho muita vontade de saber que forma tomaria esse novo testamento. Estou perguntando, se me entende, não quanto a seu conhecimento, mas apenas uma opinião. *Les femmes*, elas nunca tardam em formar opinião, *Dieu merci*.

Hilda Lee deu um leve sorriso.

— Não me importo de dizer o que penso. Jennifer, a irmã de meu marido, casou-se com um espanhol, Juan Estravados. A filha dela, Pilar, acaba de chegar aqui. É uma moça muito amável. E a única neta na família. O velho Lee ficou encantado, se afeiçoou muito. Na minha opinião, ele queria deixar uma soma considerável para a neta no novo testamento. Provavelmente só havia lhe deixado uma pequena parcela, quem sabe nada, no antigo.

— A senhora conhecia sua cunhada?

— Não, nunca a encontrei. O marido espanhol faleceu em circunstâncias trágicas, creio eu, logo depois do casamento. A própria Jennifer faleceu há um ano. Pilar ficou órfã. Foi por isso que Mr. Lee mandou buscá-la, para morar com ele na Inglaterra.

— E os outros familiares, como a receberam?

— Creio que todos gostaram da menina — comentou ela, em tom recatado. — Foi muito agradável ter alguém jovem e vivaz na casa.

— E ela... deu a entender que gostava de estar aqui?

— Não sei. Pode parecer um ambiente frio e estranho para uma moça criada no sul... na Espanha.

— Não tem como ser agradável estar na Espanha neste momento — comentou Johnson. — Então, Mrs. Lee, gostaríamos de ouvir sua história sobre a conversa desta tarde.

— Peço desculpas — balbuciou Poirot. — Fiz uma digressão.

— Depois que meu sogro encerrou o telefonema, ele voltou os olhos para nós e riu. Disse que todos estávamos muito sorumbáticos. Depois contou que estava cansado e que ia para a cama mais cedo. Ninguém devia subir nem falar com ele naquela noite. Disse que queria estar bem para o Natal. Algo assim.

Seu cenho se enrugou com o esforço de recordar.

— Depois... Acho que ele falou alguma coisa a respeito de como é necessário ser parte de uma família grande para gostar do Natal, e depois começou a falar de dinheiro. Que os custos que ele tinha com a casa iam aumentar. Disse a George e Magdalene que eles teriam que economizar. Que ela teria que costurar as próprias roupas. Uma ideia muito antiquada, aliás. Não foi à toa que ela ficou incomodada. Ele disse que a própria esposa havia sido brilhante com a agulha.

— Foi tudo que ele disse a respeito dela? — perguntou Poirot.

Hilda corou.

— Ele fez um comentário desagradável sobre o cérebro da esposa. Meu marido era muito apegado à mãe e ficou bastante incomodado. E então, de repente, Mr. Lee começou a gritar conosco. Ficou atarantado. Entendo como ele se sentiu...

— Como ele se sentiu? — interrompeu Poirot educadamente.

Ela virou os olhos suaves para ele.

— É claro que ele estava decepcionado. Porque não há netos na família... Não há meninos, no caso, para dar continuidade. Vejo que é algo que estava supurando na mente dele há algum tempo. De repente, ele não conseguiu mais esconder e teve que desatar a raiva nos filhos, dizendo que eram um bando de velhinhas deslambidas, ou algo assim. Naquele momento, fiquei com pena, pois percebi como seu orgulho estava ferido.

— E depois?

— E depois — Hilda falou devagar — saímos todos.

— Foi a última vez que o viu?

Ela concordou com a cabeça.

— Onde a senhora estava quando o crime ocorreu?

— Estava com o meu marido na sala de música. Ele estava tocando para mim.

— E depois?

— Ouvimos mesas e cadeiras virarem no andar de cima, e porcelana quebrando... uma grande altercação. E o grito terrível, quando o degolaram...

— Foi um grito tão tenebroso assim? Foi... — Poirot fez uma pausa — *como uma alma no inferno?*

— Foi pior — respondeu Hilda.

— O que quer dizer, madame?

— Foi como se viesse de alguém *sem alma*... Foi desumano, como um monstro...

— Então... a madame o julgou? — quis saber Poirot, o rosto sério.

Ela ergueu a mão, repentinamente angustiada... Seus olhos desceram e ela ficou encarando o chão.

XIV

Pilar entrou na sala com a cautela de um animal que suspeita de uma armadilha. Seus olhos passaram rapidamente de um lado a outro. Ela não parecia assustada, mas sim muito desconfiada.

Coronel Johnson se levantou e apontou uma cadeira para ela.

— A senhorita entende inglês, creio eu, Miss Estravados?

Os olhos de Pilar se arregalaram.

— É claro. Minha mãe era inglesa. Sou bastante inglesa, na verdade.

Um leve sorriso veio aos lábios de Johnson, conforme seus olhos absorveram o brilho preto do cabelo, os olhos escuros e orgulhosos, e os lábios vermelhos. Bastante inglesa! Uma expressão que não combinava com Pilar Estravados.

— Mr. Lee era seu avô — disse Johnson. — Ele mandou buscá-la na Espanha e a senhorita chegou há poucos dias. É isso?

Pilar assentiu.

— Está correto. Eu tive... ah! Tive tantas aventuras para sair da Espanha. Uma bomba veio do ar e o chofer morreu...

onde antes havia a cabeça só ficou sangue. E eu não conseguia dirigir o carro, então tive que caminhar muito... E não gosto de caminhar. Nunca caminho. Meus pés ficaram doendo, muito doídos...

Johnson sorriu.

— De qualquer modo, a senhorita chegou. Sua mãe havia contado a respeito de seu avô?

Pilar assentiu com alegria.

— Ah, sim, disse que era um diabo velho.

Hercule Poirot sorriu.

— E o que achou dele quando chegou, *mademoiselle*? — perguntou Poirot.

— É claro que era muito, muito velho. Ele tinha que se sentar numa cadeira e o rosto estava todo ressequido. Mas gostei dele mesmo assim. Acho que, quando ele era jovem, deve ter sido bonito. Muito bonito, como o senhor — falou Pilar olhando para o Superintendente Sugden. Os olhos dela se demoraram com prazer ingênuo no belo rosto, que havia ficado da cor de um tijolo diante do elogio.

Johnson abafou uma risadinha. Foi uma das poucas ocasiões em que ele viu o imperturbável superintendente surpreendido.

— Mas é claro — prosseguiu Pilar, lamentosamente —, ele nunca seria grande como o senhor.

Hercule Poirot deu um suspiro.

— A *señorita* gosta de homens grandes? — inquiriu ele.

Pilar concordou com entusiasmo.

— Ah, sim, gosto que o homem seja grande, alto, com ombros largos, e muito, muito forte.

— A senhorita conseguiu passar bastante tempo com seu avô depois que chegou? — perguntou Johnson.

— Ah, consegui. Eu vinha me sentar com ele. Ele me contava as coisas... Que tinha sido um homem muito mau, e de tudo que fez na África do Sul.

— Ele chegou a dizer que guardava diamantes no cofre do quarto?

— Chegou, ele me mostrou. Mas não pareciam diamantes... Eram só pedrinhas... muito feias. Feias mesmo.

— Então ele os mostrou à senhorita? — falou Sugden.

— Mostrou.

— E não lhe deu nenhum?

Pilar fez que não.

— Não. Achei que um dia ele me daria... se eu fosse educada e viesse fazer companhia com certa frequência. Porque os velhos gostam das mocinhas.

— A senhorita sabe que aqueles diamantes foram roubados? — quis saber Johnson.

Pilar arregalou os olhos.

— Roubados?

— Sim. E tem ideia de quem poderia tê-los levado?

Pilar assentiu.

— Ah, sim. Teria sido Horbury.

— Horbury? Refere-se ao cuidador?

— Sim.

— Por que pensa assim?

— Porque ele tem cara de ladrão. Seus olhos fazem assim, vão de um lado para o outro, ele caminha com passos leves e fica escutando atrás das portas. Parece um gato. E todos os gatos são gatunos.

— Hum... — disse Johnson. — Vamos voltar a isso depois. Entendi que toda a família esteve no quarto do seu avô esta tarde e que... hã... trocaram algumas palavras de fúria.

Pilar assentiu e sorriu.

— Sim. Foi uma diversão. Vovô os deixou, ah!... tão furiosos.

— Ah, então a senhorita gostou?

— Gostei. Gosto de ver as pessoas se enfurecendo. Gosto muito. Mas aqui na Inglaterra elas não ficam furiosas como na Espanha. Na Espanha, elas puxam facas, gritam, xingam. Na Inglaterra, não fazem nada, só ficam com o rosto avermelhado e fecham a boca com toda a força.

— A senhorita lembra o que foi dito?

Pilar pareceu se encher de dúvida.

— Não tenho certeza. Vovô disse que não eram gente boa, que não tinham filhos. Ele disse que eu era melhor que todos. Ele gostava muito de mim.

— Ele disse algo a respeito de dinheiro ou testamento?

— Testamento... não, creio que não. Não lembro.

— O que aconteceu?

— Foram todos embora... com exceção de Hilda. A gorda, a esposa de David, ela ficou.

— Ah, ficou?

— Sim. David estava muito engraçado. Estava tremendo e, oh!, tão pálido. Parecia que ia vomitar.

— E depois?

— Depois fui encontrar Stephen. Dançamos ouvindo o gramofone.

— Stephen Farr?

— Sim. Ele é da África do Sul. É o filho do sócio de vovô. Ele é muito bonito também. Muito marrom e grande, com belos olhos.

— Onde a senhorita estava quando o crime ocorreu? — perguntou Johnson.

— Quer saber onde eu estava?

— Quero.

— Eu havia ido à sala de estar com Lydia. Depois, fui ao meu quarto e me maquiei. Eu ia dançar com Stephen de novo. Depois, de longe, ouvi um grito e todos começaram a correr, então fui junto. Estavam tentando derrubar a porta de vovô. Foram Harry e Stephen, os dois são homens fortes.

— E então?

— E então: bum! Ela caiu. E nós olhamos para dentro. Ah, que visão... tudo quebrado, revirado, vovô caído, com muito sangue, e o pescoço degolado *assim* — ela fez um gesto dramático, vivaz, no próprio pescoço — logo abaixo da orelha.

Pilar fez uma pausa, depois de evidentemente ter apreciado sua narrativa.

— O sangue não a fez passar mal? — indagou Johnson.

Ela ficou encarando.

— Não, por que faria? Geralmente há sangue quando a pessoa é morta. Havia, ah!, tanto sangue! Em tudo!

— Alguém disse alguma coisa? — disse Poirot.

— David falou uma coisa engraçada... o que foi mesmo? Ah, sim. Os moinhos de Deus... foi isso que ele disse. — E então repetiu com ênfase em cada palavra: — *Os moinhos... de... Deus...* O que quer dizer? Moinhos são os que fazem farinha, não são?

— Bom, creio que não tenhamos mais perguntas no momento, Miss Estravados — comentou Johnson.

Pilar se levantou, obedientemente. Ela lançou um olhar rápido e carregado de charme para cada homem.

— Então estou indo.

Ela saiu.

— *Os moinhos de Deus moem devagar, mas moem fino.* Foi o que David Lee falou! — comentou Johnson.

XV

Quando a porta se abriu de novo, Coronel Johnson ergueu o olhar. Por um instante, achou que a figura que entrava fosse Harry Lee, mas, conforme Stephen Farr avançou aposento adentro, ele percebeu o engano.

— Sente-se, Mr. Farr — pediu Johnson.

Stephen sentou-se. Seus olhos frios e sagazes foram de um a outro dos três homens.

— Infelizmente não lhes serei muito útil. Mas, por favor, perguntem tudo, pois quero ajudar. Talvez, para começar, seja melhor eu explicar quem sou. Meu pai, Ebenezer Farr, foi sócio de Simeon Lee na África do Sul nos velhos tempos. Estou falando de mais de quarenta anos. — Ele fez uma pausa. — Meu pai conversou comigo sobre Simeon Lee... Que figura. Ele e papai ganharam uma bolada juntos. Simeon Lee voltou para casa com uma fortuna e meu pai também não se deu mal. Meu pai sempre disse que, quando eu chegasse neste país, tinha que procurá-lo. Respondi que fazia muito tempo, que ele provavelmente não saberia quem eu sou, mas papai fez troça das minhas ideias. Ele disse: "Quando dois homens passam pelo que Simeon e eu passamos, um não se esquece do outro." Bom, meu pai morreu há alguns anos. Este ano, vim à Inglaterra pela primeira vez, decidi seguir o conselho de papai e procurei Mr. Lee.

Com um leve sorriso, ele prosseguiu:

— Eu só estava um tanto nervoso quando cheguei, mas não havia por quê. Mr. Lee me recepcionou muito bem e foi veemente no convite para que eu ficasse com a família no Natal. Eu estava com medo de ser intrometido, mas ele não aceitaria uma negativa. — Ele complementou, bastante acanhado: — Todos foram muito gentis comigo. Mr. e Mrs. Alfred não poderiam ser mais carinhosos. Sinto muitíssimo por eles e por tudo que os está acometendo.

— Há quanto tempo está aqui, Mr. Farr?

— Desde ontem.

— E chegou a ver Mr. Lee hoje?

— Sim, tivemos uma conversa hoje de manhã. Ele estava de bom humor e ansioso para saber mais sobre várias pessoas e lugares.

— Foi a última vez que o viu?

— Foi.

— Ele comentou com o senhor que guardava diamantes não lapidados no cofre?

— Não. — Ele complementou antes que os outros pudessem falar: — Estão me dizendo que é um caso de latrocínio?

— Ainda não temos certeza — disse Johnson. — E, passando às ocorrências desta noite, pode me dizer, nas suas palavras, o que estava fazendo?

— É claro. Depois que as damas deixaram a sala de jantar, fiquei e tomei uma taça de vinho. Então, percebi que os

Lee tinham assuntos de família a tratar e que minha presença poderia ser um estorvo, então pedi licença e deixei-os a sós.

— E o que fez depois?

Stephen Farr recostou-se na cadeira. Seu dedo indicador acariciou o queixo. Ele disse num tom um tanto rígido:

— Eu... hã... fui àquela sala grande com chão de taco... uma espécie de salão de baile, creio eu. Havia um gramofone e discos de dança. Coloquei alguns discos a tocar.

— É possível, quem sabe, que alguém o tenha acompanhado? — perguntou Poirot.

Um sorriso muito leve curvou os lábios de Stephen Farr.

— Sim, é possível. Ter expectativas não faz mal a ninguém... E ele deu um sorriso largo.

— *Señorita* Estravados é muito formosa.

— Ela é, de longe, a melhor visão que tenho desde que cheguei na Inglaterra.

— E Miss Estravados o procurou? — perguntou Coronel Johnson.

Stephen fez que não.

— Eu ainda estava lá quando ouvi a balbúrdia. Saí ao corredor e corri mais que as pernas para ver o que havia acontecido. Ajudei Harry Lee a derrubar a porta.

— E é tudo que tem a nos dizer?

— É tudo, infelizmente.

Hercule Poirot curvou-se para a frente.

— Mas creio, *monsieur* Farr, que poderia nos contar muita coisa, se assim quisesse.

— A que o senhor se refere? — falou Farr com rispidez.

— Pode nos contar algo que seja muito importante neste caso: o caráter de Mr. Lee. O senhor diz que seu pai falava muito dele. Que tipo de homem ele lhe descrevia?

— Acho que sei onde o senhor quer chegar — comentou Farr, lentamente. — Como era Simeon Lee na juventude? Bom... o senhor quer que eu seja franco, imagino.

— Se possível.

— Bom, para começar, não creio que Simeon Lee fosse um cidadão de moral elevada. Não quero dizer que era necessariamente um pilantra, mas quase. Não tinha moralidade. Tinha seu charme, porém, e muito. E uma generosidade fabulosa. Ninguém que viesse com uma história de duras penas o cativaria em vão. Bebia um pouco, mas não demais, atraía mulheres e tinha senso de humor. De qualquer modo, tinha um traço vingativo que era peculiar. Quando se diz que os elefantes não esquecem, estamos falando de Simeon Lee. Meu pai me falou de vários casos em que Lee esperou anos para ajustar as contas com alguém que havia lhe passado a perna.

— É uma faca de dois gumes. O senhor não teria conhecimento, Mr. Farr, de alguém a quem Simeon Lee tenha dado o troco e que esteja nas redondezas? — comentou Sugden. — Nada do passado que possa explicar o crime cometido esta noite?

Stephen Farr fez que não.

— Sim, ele tinha inimigos, deve ter tido, por ser o homem que era. Mas não sei de um caso específico. Além disso — seus olhos se estreitaram — eu sei... Aliás, estive fazendo umas perguntas a Tressilian... Sei que não havia estranhos na casa nem por perto hoje à noite.

— *Com exceção do senhor, monsieur Farr* — comentou Poirot.

Stephen Farr se virou para ele.

— Ah, então é isso? O estranho suspeito cruzou os portões! Bom, não vão encontrar nada. Não é o caso do Simeon Lee que passou a perna em Ebenezer Farr e aí o filho de Eb veio se vingar pela honra do pai! Não. — Ele negou com a cabeça. — Simeon e Ebenezer não tinham desavenças. Vim aqui, como lhes disse, por pura curiosidade. E, no mais, imagino que um gramofone é álibi suficiente. Eu estava trocando discos sem parar... alguém deve ter ouvido. Um disco não me daria tempo de correr para o andar de cima nestes corredores de mais de um quilômetro, degolar um velho, limpar o sangue e voltar antes que os outros saíssem correndo. É uma ideia que chega a ser burlesca!

— Não estamos fazendo insinuação alguma contra o senhor, Mr. Farr — falou Johnson.

— Não gostei do tom de voz de Mr. Hercule Poirot — retrucou Farr.

— Isto — disse Hercule Poirot — é uma infelicidade!

Ele sorriu com benignidade ao outro.

— Obrigado, Mr. Farr — interveio Johnson. — É tudo, por enquanto. O senhor, evidentemente, não pode deixar esta casa.

Stephen Farr assentiu. Levantou-se e saiu da sala a passadas largas.

Conforme ele passou e a porta se fechou, Johnson disse:

— Lá se vai a incógnita, o fator desconhecido. A história dele me parece muito correta. De qualquer modo, ele é o azarão. Ele *pode* ter surrupiado os diamantes... e pode ter chegado aqui com um antecedente fajuto apenas para ser aceito. Seria bom você tirar as digitais, Sugden, e ver se ele já tem ficha.

— Já tirei — disse o superintendente, com um sorriso árido.

— Grande homem. Não deixa passar uma. Imagino que já tenha levantado todas as possibilidades.

Sugden ergueu os dedos.

— Conferir os telefonemas: os horários etc. Conferir Horbury. A que horas ele saiu, quem o viu sair. Conferir todas as entradas e saídas. Conferir a equipe da casa no geral. Conferir a situação financeira dos familiares. Contatar os advogados e conferir o testamento. Vasculhar a casa em busca da arma e manchas de sangue nas roupas... Quem sabe diamantes, escondidos em algum lugar.

— Isso seria tudo, creio eu — disse Johnson, fazendo um sinal de aprovação. — Sugere algo mais, *monsieur* Poirot?

Poirot fez que não.

— Considero o superintendente admiravelmente minucioso.

— Não será brincadeira vasculhar esta casa em busca de diamantes — falou Sugden, em tom desanimado. — Nunca vi tantos ornamentos e badulaques na vida.

— Os esconderijos são certamente abundantes — concordou Poirot.

— E não há nada que possa sugerir, Poirot?

O chefe de polícia parecia um tanto decepcionado, como um homem cujo cão se recusa a fazer um truque.

— Permite que eu siga uma linha de investigação particular? — pediu Poirot.

— Com certeza, com certeza — disse Johnson no mesmo momento em que Sugden falou, bastante desconfiado:

— Qual seria?

— Eu gostaria — disse Hercule Poirot — de dialogar um tanto mais, um bocado mais, com os familiares.

— Está me dizendo que gostaria de outra chance de interrogá-los? — perguntou o coronel, um tanto confuso.

— Não, não, não interrogar... Dialogar!

— Por quê? — perguntou Sugden.

Hercule Poirot fez uma mesura com empatia.

— Numa conversa, surgem questões! Se o ser humano dialogar bastante, é impossível evitar a verdade!

— Então o senhor acha que alguém está mentindo? — quis saber Sugden.

Poirot suspirou.

— *Mon cher*, todos mentem. Não há pessoa plenamente boa nem pessoa plenamente má. O proveitoso é separar as mentiras inofensivas das vitais.

— Seja como for, é algo de inacreditável — comentou Johnson. — Aqui se tem um homicídio particularmente cruel e brutal, e quem são os suspeitos? Alfred Lee e esposa, pessoas charmosas, de boa formação, tranquilas. George Lee, que é do Parlamento e o suprassumo do respeito. A esposa? Simplesmente uma beldade modernosa. David Lee parece ser uma criatura suave e temos a palavra de seu irmão Harry de que ele não suporta ver sangue. Sua esposa parece uma pessoa bem sensata... sem nada de mais. Resta a sobrinha espanhola e o homem da África do Sul. Beldades espanholas têm temperamento forte, mas não vejo como aquela coisinha atraente degolaria um velho a sangue frio, sobretudo depois do que se falou, que a jovem tinha todo motivo para deixá-lo vivo. Ao menos até ele fazer um novo testamento. Stephen Farr é uma possibilidade... ou seja, ele pode ser um vigarista profissional que veio atrás dos diamantes. O idoso deu falta e Farr o degolou para que ficasse quieto. Pode ter acontecido assim... este álibi do gramofone não é dos melhores.

Poirot negou com a cabeça.

— Meu caro amigo. Compare o físico de *monsieur* Stephen Farr e o do velho Simeon Lee. Se Farr decidisse matar o velho, conseguiria em um minuto... Simeon Lee não teria como revidar. Pode-se acreditar que aquele homem frágil e aquele espécime magnífico da masculinidade tenham brigado, por minutos que seja, virando cadeiras e quebrando porcelana? Imaginar algo assim é fantasia!

Os olhos do Coronel Johnson semicerraram.

— Está dizendo que quem matou Simeon Lee foi um homem *fraco*?

— Ou uma mulher! — disse o superintendente.

XVI

Coronel Johnson olhou o relógio.

— Não há muito mais que eu possa fazer aqui. Você está com tudo encaminhado, Sugden. Ah, só uma coisa. Temos que conferir o tal do mordomo. Sei que o senhor o interrogou, mas agora sabemos um pouco mais. É importante ter confirmação de todos a respeito de onde ele estava na hora do homicídio.

Tressilian entrou a passos lentos. O chefe de polícia disse para o homem se sentar.

— Obrigado, senhor. Sentarei mesmo, se não se importa. Estou me sentindo muito estranho... muito estranho mesmo. Das pernas e da cabeça, senhor.

— Sim, o senhor levou um choque — comentou Poirot.

O mordomo teve um calafrio.

— Foi tão... foi algo tão violento. Nesta casa! Onde tudo foi sempre tão calmo.

— Era uma mansão muito bem-organizada, não era? Mas não era feliz — sugeriu Poirot.

— Eu não gostaria de pôr nesses termos, senhor.

— Nos velhos tempos, quando toda a família estava em casa, era feliz?

— Talvez não fosse o que se poderia chamar de harmoniosa, senhor — respondeu Tressilian.

— A finada Mrs. Lee era, de certo modo, inválida, não era?

— Sim, a senhora era muito fraca.

— E os filhos eram afetuosos com ela?

— Mr. David era muito apegado. Lembrava mais uma filha do que um filho. Depois que ela faleceu, ele desmoronou, não conseguia mais residir aqui.

— E Mr. Harry? Como ele era?

— Sempre um jovem muito revoltado, senhor, mas de bom coração. Minha nossa, que susto, ah, que susto, quando a campainha soou... e então eu, com toda a minha impaciência, abri a porta e vi esse estranho, que de repente falou com a voz de Mr. Harry: "Ora, ora, se não é Tressilian. Como vai, Tressilian?" O mesmo de sempre.

— Sim, deve ser uma sensação estranha — disse Poirot, enquanto assentia, simpático.

— Parece que, às vezes, senhor, o passado não é o passado! — comentou Tressilian com um leve tom rosado aparecendo nas bochechas. — Acredito que houve uma peça em Londres sobre isso. Tem alguma coisa aí, senhor... tem mesmo. Uma sensação que toma conta, como se já tivéssemos passado por isto. É que me parece que, quando a campainha soou e fui atender, lá estava Mr. Harry... mesmo que devesse ser Mr. Farr ou outra pessoa... e fiquei pensando comigo: *mas já fiz isto...*

— Muito interessante... muito interessante.

Tressilian olhou para ele com gratidão.

Johnson, um tanto impaciente, pigarreou e assumiu o diálogo.

— Eu gostaria de conferir os horários com precisão — disse ele. — Então, quando começou a algazarra no andar de cima, sei que apenas Mr. Alfred e Mr. Harry estavam na sala de jantar. É isso?

— Eu não teria como dizer, senhor. Todos os senhores estavam lá quando lhes servi café... mas teria sido quinze minutos antes do ocorrido.

— Mr. George Lee estava fazendo um telefonema. Pode confirmar?

— Creio que alguém fez, sim, um telefonema, senhor. Ele toca na minha despensa e, quando alguém o tira do gancho, há um barulho bem baixinho. Lembro de ter ouvido, mas não prestei atenção.

— O senhor não saberia exatamente quando foi?

— Não teria como dizer, senhor. Foi depois que servi café para os cavalheiros, é tudo que posso dizer.

— Sabe onde estavam as damas, qualquer uma delas, no horário que mencionei?

— Mrs. Alfred estava na sala de estar, senhor, quando entrei com a bandeja do café. Foi um minuto ou dois antes de eu ouvir o grito no andar de cima.

— O que ela estava fazendo?

— Ela estava perto da janela oposta à porta, senhor. Estava segurando a cortina para trás e olhando para fora.

— E nenhuma das outras damas estava na sala?

— Não, senhor.

— Sabe onde estavam?

— Não teria como dizer, senhor.

— O senhor não sabe onde estava ninguém?

— Mr. David, creio eu, estava tocando discos na sala de música contígua à sala de estar.

— O senhor ouviu a música?

— Sim, senhor. — O idoso estremeceu de novo. — Foi como um sinal, senhor, pelo menos foi assim que interpretei depois do ocorrido. Era a "Marcha fúnebre" que ele tocava. Lembro que me deu calafrios.

— Que curioso.

— Então, quanto a este camarada, Horbury, o cuidador... — disse o chefe de polícia. — O senhor se dispõe a depor, de modo definitivo, que ele não estava na casa às vinte horas?

— Claro, senhor. Foi pouco depois de Mr. Sugden chegar. Lembro em específico porque ele quebrou uma xícara de café.

— Horbury quebrou uma xícara? — perguntou Poirot.

— Sim, senhor... uma das antigas, das Worcester. Há onze anos que lavo e, até esta noite, nunca havia quebrado nenhuma.

— O que ele estava fazendo com as xícaras?

— Bom, evidentemente, senhor, ele não tinha nada que mexer em xícara alguma. Ele estava segurando uma, como se a admirasse. Por acaso falei que Mr. Sugden havia ligado e ele a deixou cair.

— O senhor falou "Mr. Sugden" ou se referiu à polícia? — indagou Poirot.

Tressilian pareceu um pouco assustado.

— Pensando agora, senhor, comentei que o superintendente de polícia havia ligado.

— E então Horbury deixou a xícara cair — disse Poirot.

— Parece sugestivo — comentou o chefe de polícia. — Horbury fez alguma pergunta sobre a visita do superintendente?

— Sim, senhor, perguntou o que ele queria aqui. Falei que ele havia vindo fazer arrecadações para o orfanato da polícia e havia subido para conversar com Mr. Lee.

— Horbury lhe pareceu aliviado quando o senhor falou isso?

— Sabe que agora que o senhor disse, de fato, pareceu. Sua postura mudou de imediato. Disse que Mr. Lee era um bom camarada e livre quanto a seu dinheiro. Foi num tom um tanto desrespeitoso... e depois saiu.

— Por que caminho?

— Pela porta que dá para a sala dos funcionários.

— Certo, senhor — interpôs Sugden. — Ele passou pela cozinha, onde a cozinheira e a copeira o viram, depois saiu pela porta dos fundos. Agora, Tressilian, pense bem. Existe alguma maneira de Horbury ter voltado à casa sem que ninguém visse?

O velho fez que não.

— Não vejo como, senhor. Todas as portas são trancadas por dentro.

— E caso ele tivesse uma chave?

— As portas também têm cadeados.

— Como ele entra quando chega?

— Ele tem uma chave da porta dos fundos, senhor. Todos os criados entram por lá.

— Tem *como* ele ter voltado por aquele caminho, então?

— Não sem passar pela cozinha, senhor. E a cozinha estaria ocupada até depois das nove e meia ou quinze para as dez.

— Me parece conclusivo — comentou Johnson. — Obrigado, Tressilian.

O velho levantou-se e, com uma mesura, saiu do aposento. Voltou, contudo, poucos instantes depois.

— Horbury acaba de chegar, senhor. Gostariam de falar com ele agora?

— Sim, por favor, mande vir imediatamente.

XVII

Sydney Horbury não tinha uma aparência muito cativante. Ele entrou na sala e ficou roçando as mãos e disparando olhares de uma pessoa a outra. Sua conduta era suspeita.

— O senhor é Sydney Horbury? — perguntou Johnson.

— Sim, senhor.

— Cuidador do finado Mr. Lee?

— Sim, senhor. Um horror, não é? Quando Gladys me contou, fiquei tão abalado que uma pena me derrubaria. Pobre senhor...

— Apenas responda as perguntas, por favor — interrompeu Johnson.

— Sim, senhor. Claro, senhor.

— A que horas o senhor saiu esta noite, e por onde andou?

— Saí da mansão pouco antes das vinte horas, senhor. Fui ao Superb, senhor, a cinco minutos daqui. *Amor na antiga Sevilha* estava em cartaz, senhor.

— Alguém o viu por lá?

— A jovem na bilheteria, senhor, que me conhece. E o bilheteiro também. E... hã... no caso, senhor, eu estava acompanhado de uma moça. Eu havia marcado com ela.

— Ah, é mesmo? Como se chama?

— Doris Buckle, senhor. Ela trabalha na fábrica de laticínios da Markham Road número 23, senhor.

— Ótimo. Vamos conferir. O senhor veio imediatamente para casa?

— Levei a moça em casa primeiro, senhor. Depois voltei direto. O senhor pode conferir. Não tive nada a ver com isto. Eu estava...

— Ninguém está o acusando de relação com o caso — falou Johnson, ríspido.

— Não, senhor, claro que não. Mas não é nada agradável quando acontece um homicídio na casa.

— Ninguém disse que era. Então, há quanto tempo o senhor estava a serviço de Mr. Lee?

— Pouco mais de um ano, senhor.

— Gostava de sua vaga aqui?

— Sim, senhor. Estava bastante satisfeito. O salário era bom. Mr. Lee às vezes era difícil, mas, é claro, estou acostumado a lidar com inválidos.

— O senhor já tem experiência?

— Ah, sim, senhor. Eu atendi Major West e o meritíssimo Jasper Finch...

— Depois você passa todos esses detalhes para Sugden. O que quero saber é o seguinte: a que horas o senhor viu Mr. Lee pela última vez hoje à noite?

— Eram 19h30, senhor. A ceia de Mr. Lee era trazida toda noite às dezenove horas. Depois eu o preparava para a cama. Então, ele se sentava na frente da lareira, de roupão, até ter vontade de deitar.

— Em que horário ele fazia isso, normalmente?

— Variava, senhor. Às vezes ele ia para a cama às vinte horas... se estivesse cansado. Às vezes, ficava sentado até as 23 horas, ou mais.

— O que ele fazia quando queria ir para a cama?

— Geralmente tocava a sineta para me chamar, senhor.

— E o senhor o auxiliava a se deitar?

— Sim, senhor.

— Mas hoje era sua noite de folga. O senhor sempre tira folga nas sextas-feiras?

— Sim, senhor. Sexta-feira costuma ser minha folga.

— E quando Mr. Lee quisesse ir para a cama?

— Ele tocaria a sineta e ou Tressilian ou Walter iriam atendê-lo.

— Ele era totalmente incapaz? Conseguia caminhar?

— Sim, senhor, mas com dificuldade. Artrite reumatoide, era disso que ele sofria. Havia dias em que estava pior.

— Ele nunca entrava em outro aposento durante o dia?

— Não, senhor. Ele preferia ficar apenas no quarto. Mr. Lee não tinha vontades extravagantes. Era um quarto grande, bem arejado e iluminado.

— Mr. Lee jantou às dezenove, foi isso?

— Sim, senhor. Tirei a bandeja e coloquei xerez e dois copos na mesinha.

— Por quê?

— Ordens de Mr. Lee.

— E isso acontecia sempre?

— Às vezes. Era regra na família que ninguém fosse falar com ele à noite, a não ser quando convidado. Havia noites em que ele preferia ficar só. Em outras, mandava chamar Mr. Alfred, ou Mrs. Alfred, ou os dois, para virem após o jantar.

— Mas, até onde o senhor sabe, não foi o que ele fez nesta ocasião, certo? Ou seja, ele não havia mandado chamar familiar algum.

— Ele não enviou nenhum comunicado por *mim*, senhor.

— Então ele não estava esperando nenhum familiar?

— Ele pode ter convidado algum deles pessoalmente, senhor.

— Claro.

— Vi que estava tudo em ordem, dei boa noite a Mr. Lee e saí do quarto.

— O senhor preparou a lareira antes de sair? — perguntou Poirot.

O cuidador hesitou.

— Não foi necessário, senhor. Já estava pronta.

— Teria como Mr. Lee ter preparado o fogo sozinho?

— Não, senhor. Imagino que Mr. Harry o tenha feito.

— Mr. Harry estava com ele quando o senhor entrou, antes da ceia?

— Sim, senhor. Ele saiu quando entrei.

— Como você julga que era a relação entre os dois?

— Mr. Harry parecia de bom ânimo, senhor. Jogava a cabeça para trás e ria bastante.

— E Mr. Lee?

— Estava quieto e muito pensativo.

— Entendo. Tem algo mais que quero saber, Horbury: o que pode nos dizer a respeito dos diamantes que Mr. Lee guardava no cofre?

— Diamantes, senhor? Nunca vi diamante algum.

— Mr. Lee guardava várias pedras não lapidadas. O senhor deve tê-lo visto com elas na mão.

— As pedrinhas, senhor? Sim, vi Mr. Lee mexendo nelas uma ou duas vezes. Mas não sabia que eram diamantes. Ontem mesmo ele estava mostrando-as à moça estrangeira... ou foi anteontem?

— As pedras foram roubadas — contou Johnson, abruptamente.

— Espero que não pense, senhor, que *eu* tive alguma coisa a ver com isso! — exaltou-se Horbury.

— Não fiz acusação nenhuma — disse Johnson. — Então, tem algo que possa nos dizer que seja producente quanto a este ponto?

— Dos diamantes, senhor? Ou do assassinato?

— De ambos.

Horbury parou para pensar. Ele passou a língua pelos lábios descorados. Por fim, olhou com olhos que tinham tom furtivo.

— Creio que não tenha nada, senhor.

— Nada que tenha, digamos, escutado durante seus deveres e que possa nos auxiliar? — sugeriu Poirot.

As sobrancelhas do cuidador tremeram.

— Não, senhor, creio que não. Houve algo de desairoso entre Mr. Lee e... e alguns familiares.

— Quais familiares?

— Entendi que foi um problema quanto ao retorno de Mr. Harry. Mr. Alfred ficou ressentido. Soube que ele e o pai trocaram algumas palavras a respeito, mas foi só isso. Mr. Lee não o acusou em nenhum momento de pegar diamantes. E tenho certeza de que Mr. Alfred não faria algo assim.

— A conversa dele com Mr. Alfred foi *depois* de ele dar falta dos diamantes, não foi? — falou Poirot, rápido.

— Sim, senhor.

Poirot inclinou-se para a frente.

— Eu pensei, Horbury, *que o senhor não soubesse do roubo dos diamantes até lhe informarmos, agora há pouco.* Como, portanto, o senhor sabe que Mr. Lee havia dado falta *antes* dessa conversa com o filho?

Horbury ficou vermelho como um tijolo.

— Não há por que mentir. Desembuche — disse Sugden. — Quando ficou sabendo?

— Eu o ouvi telefonar e tratar do assunto com outra pessoa — respondeu Horbury, com reservas.

— O senhor não estava no quarto?

— Não, estava à porta. Não consegui ouvir muita coisa... só uma ou duas palavras.

— O que o senhor ouviu? — perguntou Poirot em tom gentil.

— Ouvi as palavras "assalto" e "diamantes", e ouvi ele dizer: "Não sei de quem devo suspeitar." E ouvi ele dizer algo a respeito desta noite às vinte horas.

Sugden assentiu.

— Era comigo que ele estava falando, rapaz. Por volta das 17h10, seria?

— Isso mesmo, senhor.

— E quando o senhor entrou no quarto dele, depois, ele parecia incomodado?

— Um pouco, senhor. Parecia disperso e preocupado.

— Tanto que o senhor aproveitou a deixa, não?

— Veja bem, Mr. Sugden. Não quero que o senhor diga esse tipo de coisa. Nunca toquei em diamante nenhum, não mesmo, e o senhor não tem como provar. Não sou ladrão.

— Isto nós veremos — disse Sugden, sem se convencer. Ele lançou um olhar interrogativo para o chefe de polícia, recebeu um meneio em resposta e prosseguiu: — Por enquanto é isso, meu rapaz. Não vou precisar mais de você esta noite.

Horbury saiu apressado e grato.

— Que belo trabalho, *monsieur* Poirot — comentou Sugden, com admiração. — Encurralou-o da maneira mais elegante que já vi. Ele pode ou não ser um ladrão, mas com certeza é um mentiroso de primeira classe!

— Uma pessoa pouco cativante — disse Poirot.

— Antipático — concordou Johnson. — A pergunta é: o que pensar das evidências?

Sugden fez um resumo da situação:

— Penso que há três possibilidades: (1) Horbury é o ladrão *e* o assassino; (2) Horbury é o ladrão, mas *não* o assassino; (3) Horbury é inocente. Temos algumas evidências em relação a (1). Ele ouviu um telefonema e soube que o roubo havia sido descoberto. Pela conduta do velho, percebeu que era suspeito. Armou os planos a partir daí. Saiu da mansão de forma ostensiva às vinte horas e preparou seu álibi. É fácil sair de um cinema e voltar sem que percebam. Ele precisaria, porém, ter muita segurança quanto à moça, de que ela não o entregaria. Vou ver o que consigo com ela amanhã.

— Mas como ele conseguiu entrar na casa de novo? — perguntou Poirot.

— Isso é mais difícil — admitiu Sugden. — Mas deve haver alguma maneira. Uma das criadas pode ter destrancado a porta lateral para ele, por exemplo.

Poirot ergueu as sobrancelhas, escarnecendo.

— Nesse caso, então, ele deixa toda a vida à mercê de duas mulheres? Com *uma* mulher seria correr um grande risco, imagine *duas*... *eh bien*, considero um risco fabuloso!

— Há criminosos que acham que conseguem se safar de tudo! — falou Sugden.

— Vamos à opção (2) — prosseguiu. — Horbury surrupiou os diamantes. Retirou-os da casa esta noite e possivelmente entregou a um cúmplice. É fácil e bem provável. Aí teríamos que admitir que outra pessoa escolheu a mesma noite para assassinar Mr. Lee. Esse alguém, no caso, estaria alheio à complicação com os diamantes. É possível, é claro, mas depende um tanto demais de coincidências. Quanto à possibilidade (3), de Horbury ser inocente: alguém pegou os diamantes e assassinou o idoso. É o que temos. Cabe a nós chegar à verdade.

Johnson deu um bocejo. Olhou de novo para o relógio e levantou-se.

— Bom — disse —, creio que encerramos por hoje, não? É melhor dar uma olhada no cofre antes de irmos. Seria muito estranho se esses diamantes malditos estiverem lá esse tempo todo.

Mas não estavam no cofre. Encontraram a combinação onde Alfred Lee havia lhes dito, na caderneta no bolso do roupão do falecido. No cofre, encontraram uma bolsa de camurça vazia. Entre os documentos que também estavam lá, um era interessante.

Era um testamento datado de quinze anos. Depois de várias disposições testamentárias, as legações e determinações eram bastante simples. Metade da fortuna de Simeon Lee iria para Alfred Lee. A outra metade seria dividida em parcelas iguais entre os filhos restantes: Harry, George, David e Jennifer.

Capítulo 4

25 de dezembro

Poirot caminhava pelos jardins de Gorston Hall ao sol forte do meio-dia do Natal. A mansão em si era uma casa de construção robusta sem grandes pretensões arquitetônicas.

Onde ele estava, no lado sul, havia uma ampla varanda ladeada com uma cerca viva de teixo. Plantinhas cresciam nos interstícios do pavimento de basalto e em intervalos do alpendre havia vasos de pedra decoradas como jardins em miniatura.

Poirot os examinou e gostou. Comentou consigo: "*C'est bien imaginé, ça!*"

A aproximadamente trezentos metros, vislumbrou duas figuras caminhando na direção de um espelho d'água ornamental. Pilar era facilmente identificável como uma das silhuetas; a outra, primeiro ele pensou ser Stephen Farr, mas depois viu que era Harry Lee. Harry parecia muito atento à sobrinha atraente. A certos intervalos ele pendia a cabeça para trás e ria, depois se curvava de novo com atenção para a moça.

— É certo que ali não conhecemos luto — balbuciou Poirot consigo.

Um barulho suave atrás de si fez o detetive se virar. Era Magdalene Lee. Ela também olhava para as silhuetas do homem e da moça ao longe. Ela virou o rosto e deu um sorriso encantador para Poirot.

— Que lindo dia de sol! — disse ela. — Mal se pode acreditar nos horrores da noite passada, não é, *monsieur* Poirot?

— É difícil de fato, madame.

Magdalene deu um suspiro.

— Nunca me envolvi com tragédias. Eu... eu apenas cresci. Fiquei criança por muito tempo, creio eu... Não é bom ser assim. — Ela suspirou de novo. — Já Pilar, ela me parece extremamente segura de si... Imagino que seja o sangue espanhol. É tudo muito estranho, não acha?

— O que é estranho, madame?

— O jeito como ela apareceu aqui, do nada!

— Fiquei sabendo que Mr. Lee vinha procurando por ela havia algum tempo. Ele estava em correspondência com o Consulado em Madri e com o vice-cônsul em Aliquara, onde a mãe dela faleceu.

— Ele foi muito misterioso. Alfred não sabia de nada. Tampouco Lydia.

— Ah!

Magdalene se aproximou mais um pouco. Ele sentia o cheiro do perfume delicado que ela usava.

— Saiba, *monsieur* Poirot, que há uma história ligada ao marido de Jennifer, Estravados. Ele morreu pouco depois do casamento, e existe certo mistério em torno do que aconteceu. Alfred e Lydia sabem. Creio que tenha sido algo... desonroso...

— Mas que tristeza.

— Meu marido acha, e concordo com ele, que a família deveria saber mais sobre os antecedentes da moça. Afinal de contas, se o pai dela era um *criminoso*...

Ela fez uma pausa, mas Hercule Poirot não disse nada. Ele parecia admirar as belezas da natureza que se viam na temporada de inverno nos jardins de Gorston Hall.

— Não consigo deixar de pensar que o modo como meu sogro morreu foi, de certa forma, *significativo*. Não foi... não foi *inglês*.

Hercule Poirot virou-se lentamente. Seus olhos sérios encontraram os dela com indagação inocente.

— Ah — disse ele. — Tem um toque espanhol, você diria?

— Bom, eles *são* mais cruéis, não são? — indagou Magdalene com um efeito de apelo infantil. — Nas touradas e tudo mais!

— A senhora está dizendo que, na sua opinião, *señorita* Estravados degolou o avô?

— Oh, não, *monsieur* Poirot! — Magdalene foi veemente. Estava chocada. — Nunca falei nada assim! Não falei mesmo!

— Bom, talvez não tenha falado mesmo...

— Mas *acho* que ela é... bom, uma pessoa suspeita. O jeito furtivo como ela pegou uma coisa do chão na noite passada, por exemplo.

Uma outra nota subiu à voz de Hercule Poirot.

— Ela pegou alguma coisa do chão na noite passada? — perguntou, ríspido.

Magdalene assentiu. Sua boca infantil se curvou de maneira maldosa.

— Pegou, assim que entramos no quarto. Ela deu uma olhada rápida em volta para ver se alguém estava observando, então deu o bote. Mas fico contente em saber que o superintendente a viu e a fez largar.

— O que foi que ela pegou, madame? Saberia me dizer?

— Não. Eu não estava perto. — A voz de Magdalene saiu com um toque de arrependimento. — Era uma coisa muito pequena.

Poirot franziu o cenho.

— Que interessante — balbuciou consigo.

— Sim, achei que o senhor devia saber. Afinal de contas, não sabemos *nada* a respeito da criação de Pilar e como foi a vida da moça. Alfred é muito desconfiado e Lydia, despreocupada. Acho melhor eu ver se posso ajudar Lydia. Talvez ela tenha cartas a escrever.

Ela deixou Poirot com um sorriso de malícia e satisfação. O detetive continuou perdido em pensamentos no pátio.

II

A ele então veio o Superintendente Sugden. O policial parecia cabisbaixo.

— Bom dia, Mr. Poirot. Não me parece apropriado dizer Feliz Natal, não é?

— *Mon cher collègue*, de certo não observo qualquer vestígio de alegria no seu semblante. Caso me dissesse Feliz Natal, eu não teria respondido "Que sejam todos assim!".

— Com certeza não quero outro como esse.

— Então o senhor obteve avanços?

— Conferi vários quesitos. O álibi de Horbury se mantém firme. A bilheteira do cinema o viu entrar com a garota e sair com ela ao fim da sessão, e parece segura de que ele não saiu nem teria como sair e voltar durante a sessão. A moça assegura que ele passou o tempo todo com ela no cinema.

As sobrancelhas de Poirot se levantaram.

— Então, não vejo o que mais há de se dizer.

— Bom, com as moças nunca se sabe! Se for por um homem, elas mentem até ficar roxas.

— Fazem jus ao que sentem no peito.

— Que pensamento estranho. Vai contra os fins da justiça.

— A justiça é uma coisa muito estranha. Já parou para refletir? — perguntou Hercule Poirot.

Sugden o encarou.

— O senhor é esquisito, Mr. Poirot.

— De modo algum. Sigo uma linha de pensamento lógica. Mas não entraremos em disputas nesta seara. O senhor acredita, então, que a *demoiselle* dos laticínios não esteja dizendo a verdade?

Sugden negou com a cabeça.

— Não, não é nada disso. Aliás, acho que ela *está* dizendo a verdade. É uma moça simples, e creio que eu teria percebido se ela me servisse mentiras.

— O senhor tem experiência, não é?

— Exatamente, Mr. Poirot. Digamos que, depois de uma vida tomando depoimentos, a pessoa sabe quando alguém está mentindo e quando não. Não, acho que o depoimento da moça é genuíno e, se for o caso, Horbury *não teria* como assassinar Mr. Lee, o que nos traz diretamente às pessoas na casa.

Ele respirou fundo.

— Foi um deles, Mr. Poirot. Foi um deles. Mas *qual*?

— O senhor não tem novos dados?

— Sim, tive um pouco de sorte com os telefonemas. Mr. George Lee fez uma ligação para Westeringham às 20h58. A ligação durou menos de seis minutos.

— Arrá!

— Como o senhor disse! No mais, *não houve outra ligação*. Nem para Westeringham nem para outro lugar.

— Muito interessante — disse Poirot, com aprovação. — *Monsieur* George Lee diz que havia acabado de encerrar o telefonema quando ouviu o barulho no andar de cima, mas na verdade havia encerrado a ligação quase *dez minutos antes*. Onde ele esteve nesses dez minutos? Mrs. George Lee diz que *ela* estava telefonando. Mas na verdade ela nunca completou a ligação. Onde *ela* estava?

— Vi o senhor conversando com ela…?

A voz dele detinha uma interrogação, mas Poirot respondeu:

— O senhor se engana!

— Hã?

— *Eu* não estava conversando *com ela*. *Ela* estava conversando *comigo*!

— Ah… — Sugden parecia prestes a deixar a distinção de lado devido à impaciência. Depois, conforme o significado foi compreendido, ele prosseguiu: — *Ela* estava conversando *com o senhor*, é isso que me diz?

— Exatamente. Ela veio aqui com esse propósito.

— O que a moça tinha a dizer?

— Ela queria destacar certos argumentos: o caráter pouco britânico do crime; os antecedentes possivelmente indesejáveis de Miss Estravados pelo lado paterno; o fato de Miss Estravados ter recolhido algo, furtivamente, do chão na noite passada.

— Ela lhe contou esta parte? — disse Sugden, interessado.

— Contou. O que foi que a *señorita* recolheu?

Sugden deu um suspiro.

— Eu poderia fazer trezentas conjecturas! Vou lhe mostrar. É o tipo de coisa que soluciona o mistério nas histórias de detetive! Se o senhor conseguir entender algo a partir disso, eu me aposento da polícia.

— Mostre.

Sugden tirou um envelope do bolso e girou o conteúdo na palma da mão. Um leve sorriso se formou em seu rosto.

— Aí está. O que me diz?

Na palma grossa do superintendente se via um pedaço de borracha rosa triangular e um pino de madeira.

Seu sorriso se alargou quando Poirot recolheu os artigos da mão dele e franziu a testa.

— Entendeu alguma coisa, Mr. Poirot?

— Teria como este pedacinho de nada ter sido cortado de uma *nécessaire*?

— E foi. Vem de um estojo que estava no quarto de Mr. Lee. Alguém com uma tesoura afiada cortou um pedacinho triangular. Pode ter sido o próprio Mr. Lee, até onde sei. Mas não me ocorre *por que* ele faria isso. Horbury não consegue nos ajudar a entender. Quanto ao pino, tem aproximadamente o tamanho de uma pecinha de *cribbage*, mas elas costumam ser feitas de marfim. Isto é madeira rústica... e bem gasta.

— Notável.

— Pode ficar se quiser — disse Sugden, em tom agradável. — *Eu* é que não quero.

— *Mon ami!* Não o privaria de provas.

— Elas não lhe dizem nada?

— Devo confessar que... absolutamente nada!

— Esplêndido! — disse Sugden com forte tom de sarcasmo, devolvendo-as ao bolso. — *Estamos* avançando!

— Mrs. George Lee conta que a jovem parou e pegou estas *bagatelles* de maneira furtiva. O senhor diria que isto é verdade?

Sugden refletiu antes de responder.

— Não... — respondeu, hesitante. — Eu não chegaria a tanto. Ela não parecia culpada... nada nesse sentido. Mas parecia bastante atenta a... bom, ela foi rápida e silenciosa... se é que me entende. *E ela não sabia que eu estava vendo!* Disso tenho certeza. Ela deu um pulo quando a abordei.

— Então *havia* motivo? Mas que motivo razoável poderia ser? Aquele pedacinho de borracha é novo. Não foi usado para nada. Não pode ter sentido algum; ainda assim...

— Bom, pode se preocupar com esse tópico se quiser, Mr. Poirot. Tenho outras coisas a refletir.

— E quanto ao caso... em que pé estamos, na sua opinião?

Sugden tirou sua caderneta.

— Vamos aos *fatos*. Para começar, temos as pessoas que *não* poderiam ser. Vamos tirá-las da lista.

— Que seriam...?

— Alfred e Harry Lee. Eles têm um álibi forte. Também Mrs. Alfred Lee, já que Tressilian a viu na sala de estar mais ou menos um minuto antes da briga no andar de cima começar. Os três estão fora. Agora, aos outros. Uma lista. Coloquei desta maneira para fins de clareza.

Ele entregou a caderneta a Poirot.

	No momento do crime
George Lee	?
Mrs. George Lee	?
David Lee	Tocando piano na sala de música (corroborado pela esposa)
Mrs. David Lee	Na sala de música (corroborado pelo marido)
Miss Estravados	No próprio quarto
Stephen Farr	No salão de festas, tocando gramofone (corroborado por três criados que ouviram a música da sala da criadagem)

Poirot devolveu a lista e disse:

— E, portanto?

— E, portanto, George Lee poderia ter matado o idoso. Mrs. George Lee poderia ter matado. Pilar Estravados poderia ter matado; e *ou Mr. ou Mrs. David Lee poderiam tê-lo matado*, mas não *ambos*.

— Então o senhor não reconhece o álibi?

Sugden negou com a cabeça, veementemente.

— De maneira alguma! Marido e esposa, um apegado ao outro! Eles podem ter executado juntos ou, se foi um deles, o outro está pronto para confirmar o álibi. Vejo da seguinte maneira: *alguém* estava na sala de música tocando piano. *Pode* ter sido David Lee. Provavelmente *era*, já que se sabe que ele era músico, mas não há nada que confirme que a esposa também estava lá *fora a palavra dela e a dele*. Do mesmo modo, Hilda podia estar tocando piano enquanto David Lee apareceu no andar de cima e matou o pai! Não, o caso é absolutamente diferente dos dois irmãos na sala de jantar. Alfred Lee e Harry Lee não se toleram. Nenhum deles iria cometer perjúrio em prol do outo.

— E quanto a Stephen Farr?

— Ele segue como possível suspeito, pois o álibi do gramofone é um tanto fraco. Por outro lado, é o tipo de álibi que é mais robusto do que um álibi firme e forte, blindado, o qual, aposto dez para um, foi falsificado de antemão!

Poirot baixou a cabeça, pensativo.

— Sei do que o senhor fala. É o álibi de um homem *que não sabia que seria convocado a ter um.*

— Exatamente! E, de qualquer maneira, não creio que um estranho se meteria numa situação dessas.

— Concordo com o senhor — disse Poirot de imediato. — Trata-se de um assunto de *família*. É um veneno que age no sangue... é íntimo. É arraigado. Aqui temos, creio eu, *ódio* e *conhecimento*...

Ele fez um gesto com as mãos.

— Não sei... é complexo!

Sugden o aguardou concluir, por respeito, mas sem se deixar impressionar.

— É verdade, Mr. Poirot. Mas chegaremos lá, não tema, com eliminação e lógica. Agora temos as *possibilidades*; as pessoas com *oportunidade*: George Lee, Magdalene Lee, David Lee, Hilda Lee, Pilar Estravados e, acrescentaria eu, Stephen Farr. Agora chegamos à *motivação*. Quem tinha *motivo* para eliminar o velho Mr. Lee da sua vida? Aqui também podemos nos livrar de alguns. Miss Estravados, para começar. Entendo que, dado o que temos do testamento, ela não ganhará nada. Se Simeon Lee houvesse morrido antes de Jennifer, a parte da mãe teria ido para ela (a não ser que a mãe tivesse desejado de outra maneira), mas, como Jennifer Estravados faleceu antes do pai, esse legado em específico é revertido para outros familiares. Então, era do interesse de Miss Estravados manter o idoso vivo. Ele havia se afeiçoado à neta. É certo que lhe teria deixado um bom dinheiro quando fizesse o novo testamento. Pilar tinha tudo a perder e nada a ganhar com o assassinato. Concorda?

— Perfeitamente.

— Resta, é claro, a possibilidade de ela o ter degolado no calor de uma disputa, mas isto me parece improvável. Para começar, eles estavam em ótimas relações, e ela não estava lá havia tempo suficiente para guardar rancor de nada. Portanto, parece improvável que Miss Estravados tenha algo a ver com o crime. Exceto se o senhor contrapuser que degolar um homem não seja uma coisa muito britânica de se fazer, como sua amiga Mrs. George colocou.

— Não a chame de *minha* amiga — disse Poirot, com pressa. — Ou falarei com *sua* amiga Miss Estravados, que o considera um homem tão bonito!

Ele teve o prazer de ver a postura do superintendente se perturbar mais uma vez. O policial ficou escarlate. Poirot olhou para ele com expressão de divertimento e malícia. E disse, com um tom melancólico:

— A verdade é que seu bigode está melhor que o meu... Diga, o senhor usa um tipo especial de *pomade*?

— Pomade? Pelos céus, não!

— O que o senhor usa?

— O que uso? Nada. Ele... ele apenas *cresce*.

Poirot deu um suspiro.

— O senhor é privilegiado pela natureza. — Ele acariciou o próprio bigode, preto e exuberante, depois deu um suspiro. — Por mais que o preparo seja caro, restaurar a cor natural de certo modo debilita a qualidade dos fios.

Sugden, desinteressado de problemas capilares, prosseguiu de maneira fleumática:

— Considerando a *motivação* do crime, eu diria que provavelmente possamos eliminar Mr. Stephen Farr. É possível que tenha havido algum enfrentamento entre o pai e Mr. Lee, e que o primeiro tenha saído prejudicado, mas duvido. A postura de Farr era muito tranquila e segura quando ele tratou do assunto. Ele estava muito confiante... e não creio que tenha sido fingimento. Não, não creio que ali encontraremos algo.

— Também acho...

— E há outra pessoa com motivação para manter Mr. Lee vivo: o filho, Harry. É fato que ele se beneficia, conforme o testamento, mas acredito que ele *não estava ciente desse fato*. De certo não havia como ele ter *certeza*! Todos achavam que Harry havia sido tirado do testamento na época em que cortou laços com a família. Mas agora ele estava a ponto de voltar às graças do pai! Era vantajoso para ele que seu pai fizesse o novo testamento. Ele não seria tão tolo de assassiná-lo nesse momento. Na verdade, como sabemos, ele *nem teria como*. Estamos progredindo, percebe? Eliminando vários.

— Verdade. Daqui a pouco não sobrará ninguém!

Sugden retrucou:

— Não tão rápido assim! Ainda temos George Lee e a esposa, além de David Lee e Mrs. David. Todos se beneficiam da morte, e George Lee, até onde pude entender, está financeiramente debilitado. No mais, seu pai ameaçava cortar a mesada. Então, temos George Lee com motivo e oportunidade!

— Prossiga — disse Poirot.

— E temos Mrs. George! Tão afeita ao dinheiro quanto o gato é afeito à nata. E eu estaria disposto a apostar que ela tem dívidas sérias! Mrs. George tinha ciúmes da moça espanhola. Foi rápida em apontar que a outra estava ganhando poder sobre o idoso. Ela o ouviu dizer que estava chamando o advogado. Então agiu bem rápido. Podia-se construir uma acusação a partir daí.

— É possível.

— E temos David Lee e esposa. Eles têm sua herança, conforme o testamento presente, mas não creio, de certo modo, que o motivo do dinheiro seja particularmente forte no caso deles.

— Não?

— Não. David Lee parece ser um tanto sonhador, não do tipo mercenário. Mas ele... bom, ele é *estranho*. A meu ver, há três motivos principais para o assassinato: a complicação com os diamantes, o testamento, e temos... bom... temos o *ódio.*

— Ah, é como o senhor vê a situação?

— Naturalmente. Tenho pensado nisso desde o começo. *Se* David Lee matou o pai, não creio que tenha sido por dinheiro. E, se ele for o criminoso, talvez se explique... bom, todo aquele sangue!

Poirot olhou para ele com nova estima.

— Sim, estava me perguntando quando o senhor levaria isso em consideração. Foi *tanto sangue*, como Mrs. Alfred falou. Voltamos aos rituais da antiguidade, aos sacrifícios de sangue, às unções com o sangue do sacrifício...

— Está dizendo que quem fez isso era louco?

— *Mon cher...* há todo tipo de instinto no homem do qual ele não tem ciência. A ânsia por sangue... a demanda pelo sacrifício!

— David Lee parece um rapaz calmo e inofensivo.

— O senhor não entendeu o perfil psicológico. David Lee é um homem que vive no passado. Um homem em quem a memória da mãe ainda está viva. Ele manteve distância do pai por muitos anos porque não conseguia perdoar o modo como este tratava a mãe. Ele veio, vamos supor, para perdoar. *Mas talvez não estivesse apto a isso...* Sabemos de uma coisa: quando David Lee ficou ao lado do cadáver do pai, parte dele estava apaziguada e satisfeita. "*Os moinhos de Deus moem devagar, mas moem fino.*" A desforra! A retribuição! As ofensas dizimadas pela expiação!

Sugden teve um estremecer repentino.

— Não fale assim, Mr. Poirot. O senhor me assusta. Talvez seja o que diz mesmo. Se for o caso, Mrs. David sabe... e planeja protegê-lo do jeito que puder. Consigo imaginá-la fazendo isso. Por outro lado, não consigo imaginá-la como assassina. É uma mulher tão à vontade com o ordinário.

Poirot olhou para ele com expressão de curiosidade.

— Então é assim que ela lhe parece?

— Bem, sim... uma silhueta aconchegante, se é que me entende!

— Ah, sei perfeitamente do que o senhor está falando!

Sugden olhou para ele.

— Ora, Mr. Poirot, o senhor tem outras ideias a respeito do caso. Vamos ouvi-las.

— Tenho ideias, sim, mas são bastante nebulosas. Primeiro quero ouvir seu resumo do caso.

— Bem, é como eu disse, há três motivos possíveis: ódio, vantagem e essa complicação com os diamantes. Vejamos os fatos cronologicamente:

"15h30. Reunião de família. Telefonema ao advogado, família escuta. Então o idoso dispensa a família, diz para irem embora. Eles saem pelos cantos como um bando de coelhinhos assustados."

— Hilda Lee ficou — disse Poirot.

— Ficou mesmo. Mas não por muito tempo. Então, por volta das dezoito horas, Alfred teve uma conversa com o pai, uma conversa desagradável. Harry está para ser reintegrado ao testamento. Alfred não está contente. Alfred, é claro, *deveria* ser nosso principal suspeito. Ele tinha, de longe, o motivo mais forte. Contudo, seguindo adiante, temos Harry. Que está com o espírito tempestuoso. O velho está bem onde ele queria. Mas, *antes* dessas duas conversas, Simeon Lee descobriu a perda dos diamantes e me telefonou. Ele não menciona a perda a nenhum dos dois filhos. Por quê? Na minha opinião, porque ele não tinha certeza se algum tinha relação com o desaparecimento. Nenhum deles estava sob suspeita. Eu creio, como disse desde o início, que o velho suspeitasse de Horbury *e de mais uma pessoa.* E tenho quase certeza do que ele queria fazer. Lembre que ele falou em caráter definitivo que não queria que ninguém viesse falar com ele naquela noite. Por quê? Porque ele estava preparando o caminho para duas coisas: primeiro, minha visita; segundo, *a visita de outro suspeito.* Ele pediu a *alguém* para vir vê-lo imediatamente após o jantar. Pois quem seria essa pessoa? Podia ser George Lee. Muito mais provável que tenha sido sua esposa. E tem outra pessoa que volta à cena: Pilar Estravados. Ele mostrou os diamantes a ela. Falou o quanto valiam. Como sabemos que essa moça não é uma ladra? Lembre-se daquelas insinuações misteriosas a respeito da conduta infame do pai. Talvez *ele* fosse um ladrão profissional e finalmente tenha ido para a prisão.

— E então, como o senhor diz, Pilar Estravados volta à cena...

— Sim... como *ladra.* Não há outra opção. Ela *pode* ter perdido a cabeça quando foi descoberta. Ela *pode* ter se voltado contra o avô e o atacado.

— É possível... sim...

Sugden lhe dirigiu um olhar intenso.

— Mas *você* não concorda, não é? Ora, Mr. Poirot, *o que* o senhor tem em mente?

— Sempre retorno ao mesmo ponto: *o caráter do falecido.* Que tipo de homem era Simeon Lee?

— Nisso não temos grande mistério — disse Sugden, encarando-o.

— Então me diga. Ou seja, diga-me, do ponto de vista da cidade, o que se sabia do homem.

Sugden passou um dedo duvidoso pelo queixo. Parecia perplexo.

— Eu, pessoalmente, não sou da cidade. Venho de Reeveshire, do lado de lá da fronteira. Do outro condado. Mas é claro que o velho Mr. Lee era figura bem conhecida na região. Sei tudo pelo disse que disse.

— Ah, é? E esse disse que disse... dizia o quê?

— Bom, ele era uma figura arisca; eram poucos que conseguiam tirar vantagem do homem. Mas ele era generoso com o que tinha. Dos mais mão abertas de que se tem notícia. Não me ocorre como Mr. George Lee possa ser o oposto total, sendo filho de seu pai.

— Ah! Mas há duas cepas na família. Alfred, George e David lembram, ao menos superficialmente, o lado materno da família. Vim olhando alguns retratos na galeria esta manhã.

— Ele era irritado e tinha, é claro, má reputação com as mulheres. Dos seus tempos de moço. Era inválido havia alguns anos já. Mas mesmo assim continuou generoso. Se havia dissabores, ele sempre dava uma contribuição exemplar e fazia a moça se casar do modo costumeiro. Ele podia ser mau exemplo, mas não era maligno. Tratava a esposa mal, corria atrás de outras e a negligenciava. Ela morreu, pelo que dizem, de coração partido. É uma expressão conveniente, mas creio que na verdade ela era uma senhora pobre e infeliz. Estava sempre adoentada e não saía muito. Não há dúvida de que Mr. Lee era uma figura estranha. Tinha um lado vingativo também. Se alguém lhe aplicasse um golpe detestável, ele sempre retribuía, dizem, não importava quanto tempo tivesse que esperar.

— Os moinhos de Deus moem devagar, mas moem fino — balbuciou Poirot.

O superintendente disse, irritado:

— Moinhos do demônio, isso sim! Não tem nada de santo em Simeon Lee. O tipo de homem que você diria que vendeu a alma ao diabo e gostou do negócio! E ele era orgulhoso também, orgulhoso como Lúcifer.

— Orgulhoso como Lúcifer! Sugestivo, isso que o senhor diz.

Sugden estava perplexo.

— O senhor quer dizer que ele foi assassinado porque era orgulhoso?

— Quero dizer que existe outro tipo de herança. Simeon Lee transmitiu esse orgulho aos filhos...

Ele interrompeu-se. Hilda Lee havia saído da casa e estava observando-os da varanda.

III

— Queria mesmo encontrá-lo, *monsieur* Poirot.

Sugden havia pedido licença e voltado para dentro da casa. Olhando para ele, Hilda disse:

— Não sabia que ele estava com o senhor. Achei que estivesse com Pilar. Parece um bom homem, muito atencioso.

A voz dela era agradável, com uma cadência baixa e tranquila.

— A madame queria me ver? — perguntou Poirot.

Ela inclinou a cabeça.

— Queria. Creio que o senhor pode me ajudar.

— Terei muito prazer, madame.

— O senhor é muito inteligente, *monsieur* Poirot. Percebi na noite passada. Há coisas que, creio eu, o senhor descobrirá facilmente. Quero que entenda meu marido.

— Diga, madame.

— Eu não falaria assim dessas coisas com o superintendente. Ele não entenderia. Mas o senhor vai entender.

Poirot fez uma mesura.

— Muito me honra, madame.

— Meu marido tem sido, durante muitos anos, desde que nos casamos, o que só posso descrever como um inválido mental.

— Ah!

— Quando se sofre de uma grande chaga física, tem-se o choque e a dor. Mas aos poucos ela sara, a carne se cura, os ossos se remendam. Pode haver, quem sabe, um pouco de fraqueza, uma cicatriz, mas nada mais. Meu marido, *monsieur* Poirot, sofreu uma grande chaga *psíquica* numa idade muito sensível. Ele era apegadíssimo à mãe e a viu morrer. Ele acreditava que o pai era moralmente responsável pela morte. Ele nunca se recuperou daquele choque. Seu rancor pelo pai nunca arrefeceu. Fui eu quem convenci David a vir aqui no Natal, para reconciliar-se com o pai. Eu queria... Pelo bem *dele*, eu queria que essa chaga psíquica fosse curada. Agora percebo que ter vindo aqui foi um erro. Simeon Lee divertiu-se em remexer nessa ferida antiga. Ele... Ele correu um risco...

— Está me dizendo, madame, que seu marido matou o próprio pai?

— Estou lhe dizendo, *monsieur* Poirot, que ele *poderia* tê-lo matado, que seria fácil... E também lhe digo que *não matou*! Quando Simeon Lee foi morto, seu filho estava tocando a "Marcha fúnebre". A vontade de matar estava no seu coração. Ela passou pelos dedos e morreu nas ondas sonoras. Essa é a verdade.

Poirot ficou alguns instantes em silêncio. Então disse:

— E a senhora, madame, qual o seu veredicto sobre o drama do passado?

— O senhor se refere à morte da esposa de Simeon Lee?

— Sim.

Hilda respondeu sem pressa:

— Entendo o bastante da vida para saber que nunca se julga um caso por méritos externos. A todas as aparências, Simeon Lee era culpado e sua esposa sofreu um tratamento abominável. Ao mesmo tempo, acredito que há um tipo de mansidão, uma predisposição ao martírio, que desperta os piores instintos em homens de certa estirpe. Simeon Lee admirava, creio eu, o espírito e a força de caráter. Ele ficava irritado com a mansidão e as lágrimas.

Poirot assentiu.

— Seu marido falou na noite passada: "Minha mãe nunca reclamou." É verdade?

— É claro que não! Ela reclamava o tempo todo, para David! — respondeu Hilda, com impaciência. — Ela jogava todo o fardo da infelicidade sobre os ombros dele. Ele era muito novo... novo demais para suportar o fardo que ela o fez carregar!

Poirot olhou para ela, pensativo. Ela enrubesceu sob aquele olhar e mordeu o lábio.

— Entendi — comentou ele.

— O que o senhor entendeu?

— Entendi que a senhora tenha que ser mãe do seu marido e que preferia ser esposa.

Ela se virou.

Naquele instante, David Lee saiu da casa e cruzou a varanda na direção deles. A voz dele tinha uma nota clara de júbilo.

— Hilda, o dia não está muito agradável? Parece primavera e não inverno.

Ele chegou mais perto. Sua cabeça estava jogada para trás, uma madeixa de cabelo claro caía na testa e seus olhos azuis brilhavam. Ele parecia incrivelmente jovem e pueril. Havia uma avidez juvenil em seu corpo, uma despreocupação radiante. Hercule Poirot prendeu a respiração.

— Vamos ao lago, Hilda — sugeriu David.

Ela sorriu, lhe deu o braço e os dois saíram juntos.

Enquanto Poirot os observava, ele a viu se virar e lhe dirigir um rápido olhar. Ele captou um vislumbre momentâneo de nervosismo... ou seria, pensou ele, medo?

Aos poucos, Hercule Poirot caminhou até a outra ponta da varanda.

— Como sempre digo: sou o padre confessor! E já que as mulheres fazem a confissão com mais frequência que os homens, foram as mulheres que vieram a mim hoje de manhã. Será que outra virá em breve?

Quando ele se virou na ponta da varanda e fez o caminho de volta, descobriu que sua pergunta já tinha resposta. Lydia Lee vinha na sua direção.

IV

— Bom dia, *monsieur* Poirot. Tressilian me disse que eu o encontraria aqui com Harry, mas estou contente em encontrá-lo sozinho. Meu marido tem falado do senhor. Sei que ele está muito ansioso para falar com o senhor.

— Ah! É mesmo? Devo entrar para falar com ele agora?

— Ainda não. Ele pouco dormiu na noite passada. Acabei lhe dando um remédio para dormir, dos fortes. Ele continua adormecido e não quero perturbá-lo.

— Entendo bem. Foi muito sagaz. Vi na noite passada que o choque havia sido grande.

— Veja bem, *monsieur*: meu marido é *preocupado*. Muito mais do que os outros.

— Entendi.

— O senhor... ou o superintendente... têm ideia do que se pode fazer quanto a esse fato horrendo?

— Temos algumas considerações, madame, em relação a quem *não* cometeu o crime.

— Parece um pesadelo... — comentou ela, quase com impaciência. — É tão fantasioso. Não acredito que seja *real*! E quanto a Horbury? Ele estava mesmo no cinema, como disse?

— Estava, madame, já conferimos. Ele estava falando a verdade.

Lydia ficou quieta e arrancou um pedacinho do teixo. Seu rosto ficou um pouco mais branco.

— Mas isso é *horrível*! Sobra apenas... a família!

— Exatamente.

— *Monsieur* Poirot, não *consigo* acreditar!

— Madame, a senhora *consegue* e acredita, *sim*!

Ela parecia prestes a contrapor. De repente, sorriu, pesarosa.

— Como as pessoas têm capacidade para a hipocrisia!

Ele assentiu.

— Se fosse sincera comigo, madame, admitiria que é natural que alguém da família tenha assassinado seu sogro.

— Que coisa absurda de se dizer, *monsieur* Poirot!

— Sim, é. Mas seu sogro era uma pessoa absurda!

— Pobre homem. Agora sinto pena. Quando estava vivo, ele me incomodava de um modo indizível!

— Assim imagino!

Ele se curvou sobre uma das bacias de pedra.

— Muito criativos, estes cenários. Muito agradáveis.

— Fico feliz que tenha gostado. É um dos meus hobbies. Gosta desta paisagem ártica, com os pinguins e o gelo?

— Fascinante. E este... o que é?

— Ah, este é o Mar Morto... ou vai ser. Ainda não está acabado. O senhor teria que ver depois. Já este devia ser Piana, na Córsega. As rochas que se veem lá, o senhor sabe, são rosas e belíssimas onde se estendem até o mar azul. Esta cena do deserto ficou divertidíssima, não acha?

Ela o conduziu. Quando chegaram à outra ponta, ela conferiu o relógio de pulso.

— Tenho que ver se Alfred está acordado.

Quando ela se foi, Poirot voltou devagar ao jardim que representava o Mar Morto. Ele olhou para o arranjo com muito interesse. Então, recolheu algumas pedrinhas que estavam por cima e as deixou correrem pelos dedos.

De repente, sua expressão mudou. Ele levou as pedrinhas perto do rosto.

— *Sapristi*! Que surpresa! Mas o que isto quer dizer?

Capítulo 5

26 de dezembro

O chefe de polícia e o superintendente ficaram olhando para Poirot, incrédulos. O último devolveu um fluxo de pequenas pedrinhas cuidadosamente à pequena caixa de papelão e a entregou ao chefe de polícia.

— Ah, sim — disse ele. — São os diamantes.

— E o senhor os encontrou onde mesmo? No jardim?

— Em um dos pequenos jardins arquitetados por madame Alfred Lee.

— Mrs. Alfred? — Sugden meneou a cabeça. — Não me parece provável.

— Então está me dizendo que não a considera suspeita de ter degolado o sogro? — perguntou Poirot.

— Sabemos que não foi ela — interrompeu Sugden. — Quis dizer que parece improvável ela ter surrupiado os diamantes.

— Ia custar para que a vissem como ladra, isso sim — comentou Poirot.

— Qualquer pessoa podia tê-los escondido ali — argumentou Sugden.

— É verdade. Foi conveniente haver, naquele jardim em particular, no Mar Morto que ele representa, pedrinhas muito parecidas em termos de forma e aparência.

— Está dizendo que ela o preparou de antemão? Que deixou a postos? — indagou Sugden.

— Não acredito nem por um instante — respondeu Johnson. — Nem por um instante. Para começar, por que ela roubaria os diamantes?

— Bom, em relação a isso... — falou Sugden devagar.

— Há uma resposta possível — interrompeu Poirot. — Ela roubou os diamantes para sugerir um motivo para o homicídio. Ou seja, ela sabia que o homicídio ia ocorrer, mas não tomou parte ativa.

Johnson franziu o cenho.

— Isto não vai se sustentar nem por um instante. O senhor está a tratando como cúmplice... mas de quem ela poderia ser cúmplice? Apenas do marido. Mas como sabemos que ele também não teve nada a ver com o homicídio, a teoria como um todo cai por terra.

Sugden coçou o queixo, refletindo.

— Sim, é verdade — disse. — Se Lee pegou os diamantes... e é um grande "se"... não passou de um mero furto, e talvez ela tenha mesmo preparado aquele jardim como esconderijo para os diamantes até a poeira baixar... Outra possibilidade é ser *coincidência*. Aquele jardim, dada a semelhança entre as pedrinhas, apresentou-se ao ladrão ou ladra, seja quem for, como esconderijo ideal.

— É perfeitamente possível. Sempre me disponho a aceitar *uma* coincidência — disse Poirot.

Sugden negou com a cabeça, ainda em dúvida.

— Qual é a sua opinião, superintendente? — perguntou Poirot.

— Mrs. Lee é uma dama muito agradável — respondeu ele, com cautela. — Não me parece provável que ela fosse se meter em qualquer questão suspeita. Mas nunca se sabe, é claro.

— De qualquer modo, seja qual for a verdade em torno dos diamantes, ela estar metida no homicídio está fora de cogitação — comentou Jonhson, irritado. — O mordomo a viu na sala de estar na hora exata do crime. O senhor lembra, Poirot?

— Lembro.

O chefe de polícia se voltou para o subordinado.

— É melhor prosseguirmos. O que o senhor tem a informar? Algo de novo?

— Sim, senhor. Obtive informações novas. Para começar... Horbury. Há motivo para ele ter medo da polícia.

— É um ladrão? É isso?

— Não, senhor. Extorsão sob ameaça. Chantagem qualificada. Não houve como provar a acusação, então ele não foi preso, mas imagino que tenha se safado de uma coisa ou outra nessa linha. Tendo consciência pesada, ele provavelmente achou que tínhamos descoberto algo do tipo quando Tressilian mencionou a polícia na noite passada, por isso ficou nervoso.

O chefe de polícia disse:

— Hm! Então chega de Horbury. O que mais?

O superintendente tossiu.

— Hã... Mrs. George Lee, senhor. Temos informações dela antes do casamento. Morava com Comandante Jones. Fazia-se passar pela filha dele, mas... *não era filha*... Creio, a partir do que me foi contado, que o velho Mr. Lee fez um comentário correto sobre a moça. Ele era sagaz no que se referia a mulheres, reconhecia uma maçã podre de cara... e estava apenas se divertindo com um tiro no escuro. *Mas* acertou em cheio!

— Isso daria outra possível motivação, fora a questão financeira — comentou Johnson, pensativo. — Ela pode ter pensado que ele sabia de algo e ia entregá-la ao marido. Aquela história do telefonema é muito suspeita. Ela *não* telefonou.

— Por que não colocá-los juntos, senhor, e acertar essa história do telefone? Vejamos o que podemos tirar daí — sugeriu Sugden.

— Boa ideia — disse Johnson.

Ele soou a campainha. Tressilian atendeu.

— Peça a Mr. e Mrs. George Lee para virem aqui.

— Pois bem, senhor.

Enquanto o velho se virava, Poirot disse:

— Aquela data no calendário de parede, ela continua a mesma desde o assassinato?

Tressilian se virou.

— Qual calendário, senhor?

— Aquele na parede de lá.

Os três homens estavam mais uma vez sentados na pequena saleta de Alfred Lee. O calendário em questão era dos grandes, com folhas de arrancar e uma data bem evidente em cada folha.

Tressilian ficou olhando pela sala, depois se deslocou lentamente até ficar a mais ou menos meio metro de distância.

— Perdão, senhor, já foi arrancada. Hoje é dia 26.

— Ah, perdão. Quem seria a pessoa que arranca?

— Mr. Lee, senhor, toda manhã. Mr. Alfred é um cavalheiro muito metódico.

— Entendi. Obrigado.

Tressilian saiu.

— Tem algo de suspeito no calendário, Mr. Poirot? Perdi alguma coisa? — Sugden parecia confuso.

— O calendário não tem importância — respondeu Poirot, dando de ombros. — Foi só um rápido experimento da minha parte.

— O inquérito será amanhã — disse Johnson. — Haverá adiamento, é claro.

— Sim, senhor, já falei com o investigador e está tudo preparado — comentou Sugden.

II

George Lee entrou na sala, acompanhado da esposa.

— Bom dia. Sentem-se, por favor — disse Johnson. — Quero fazer algumas perguntas a ambos. Uma coisa que não ficou muito clara para mim.

— Fico contente em lhe dar a assistência que puder — disse George, um tanto quanto pomposo.

— É claro! — falou Magdalene um pouco mais baixo.

O chefe de polícia assentiu levemente para Sugden.

— Quanto aos telefonemas na noite do crime. O senhor fez uma ligação para Westeringham, não foi o que disse, Mr. Lee?

— Foi — respondeu George com frieza. — Para meu agente no distrito eleitoral. Posso encaminhá-lo à pessoa e...

Sugden elevou uma mão para deter a fala.

— Claro... claro, Mr. Lee. Não estamos discutindo essa questão. Sua ligação foi feita exatamente às 20h59.

— Bom... eu... hã... não teria como dizer a hora exata.

— Ah — disse Sugden. — Mas nós temos! Sempre conferimos esse tipo de coisa com cuidado. Com todo o cuidado, aliás. A ligação foi feita às 20h59 e encerrada às 21h04. Seu pai, Mr. Lee, foi morto por volta das 21h15. Peço ao senhor mais uma vez um relato da sua movimentação.

— Já falei... eu estava no telefone!

— Não, Mr. Lee, não estava.

— Absurdo! Vocês devem ter se enganado! Bom, talvez eu houvesse acabado de telefonar... creio que pensei em fazer outra ligação... estava considerando se... hã... valia... o gasto... quando ouvi o barulho no andar de cima.

— Seria improvável o senhor debater-se quanto a fazer ou não uma ligação telefônica durante dez minutos.

George ficou roxo. Começou a gaguejar.

— O que o senhor quer dizer? Que diabos está falando? Que atrevimento! Duvidam da minha palavra? Duvidam da palavra de um homem no meu cargo? Eu... hã... por que eu deveria justificar cada minuto dos meus horários?

— É nosso procedimento padrão — disse Sugden com a impassividade que Poirot admirava.

George virou-se em fúria para o chefe de polícia.

— Coronel Johnson. O senhor aprova esta... esta postura inaudita?

— Em casos de homicídio, Mr. Lee, as perguntas devem ser feitas... *e respondidas* — retrucou Johnson.

— Eu as respondi! Eu havia acabado de telefonar e estava... hã... considerando um telefonema.

— O senhor estava nesta sala quando a situação alarmante ocorreu no andar de cima?

— Estava... sim, estava.

Johnson se virou para Magdalene.

— Creio, Mrs. Lee, que *a senhora* disse que estava telefonando quando ouviu o barulho, e que naquele momento estava sozinha, não disse?

Magdalene ficou aturdida. Ela prendeu a respiração, olhou de lado para George, depois para Sugden, depois lançou um olhar de apelo a Johnson.

— Ah, sim... não sei... não lembro o que eu disse... estava tão *transtornada*...

— Temos tudo anotado, sabia? — comentou Sugden.

Ela voltou tudo o que tinha em direção a ele: os cativantes olhos arregalados e a boca trêmula. Mas deu de cara com a indiferença de um homem de respeitabilidade austera que não aprovava alguém da sua estirpe.

— Eu... eu... é claro que telefonei. Só não consigo ter certeza de *quando*... — interrompeu-se ela.

— Mas que coisa é essa? De onde você telefonou? Não foi daqui.

— Eu diria, Mrs. Lee, que a senhora *não fez telefonema algum*. Neste caso, onde estava e fazendo o quê?

Magdalene olhou perdida à sua volta e estourou em lágrimas. Ela soluçava.

— George, não deixe que me intimidem! Você sabe que se alguém me assusta e me ataca com um interrogatório, eu não consigo lembrar *de nada*! Eu... eu não sei *o que* falei naquela noite... Foi tão horrível... E eu estava tão transtornada... E eles foram tão brutos comigo...

De repente, ela se levantou e correu da sala, aos prantos.

— Mas que conversa é essa?! — vociferou George, levantando-se. — Não vou deixar minha esposa ser intimidada e ficar apavorada!! Ela é muito sensível! Que desgraça é essa? Levarei à Câmara os métodos desgraciosos de intimidação da polícia. Que desgraça absurda!

Ele saiu da sala e bateu a porta.

Sugden jogou a cabeça para trás e riu.

— Morderam a isca direitinho! Agora veremos!

— Que coisa extraordinária! Parece suspeita. Temos que conseguir outra declaração da madame — respondeu Johnson.

— Ah! Ela voltará em instantes. Quando decidir o que vai falar. Não é, Mr. Poirot?

Poirot, que estava no meio de um devaneio, levou um susto.

— *Pardon!*

— Eu disse que ela vai voltar.

— Provavelmente... é bem possível. Ah, sim!

— O que houve, Mr. Poirot? Viu um fantasma?

— Veja... Não posso dizer com certeza que não foi *exatamente isso* o que vi.

— Bom, Sugden, algo mais? — perguntou Johnson, impaciente.

— Venho tentando conferir a ordem em que cada pessoa chegou à cena do homicídio — disse Sugden. — O que deve ter acontecido está bem evidente. Depois que o grito de morte da vítima soou o alarme, o assassino escapuliu, trancou a porta com um alicate ou algo assim, e poucos instantes depois virou uma das pessoas correndo *para* a cena do crime. Infelizmente não é fácil conferir exatamente quem cada pessoa viu, pois as memórias não são precisas em questões como esta. Tressilian diz que viu Harry e Alfred Lee cruzarem o salão vindo da sala de jantar e correrem escada acima. Até onde consigo entender, Miss Estravados chegou depois... foi uma das últimas. A concepção geral parece ser de que Farr, Mrs. George e Mrs. David foram os primeiros. Cada um dos três diz que um dos outros estava à frente. É isso que é difícil, não se pode distinguir entre uma mentira proposital e uma nebulosidade genuína das recordações. Todos correram na mesma direção, isso é certo. Mas a ordem em que correram não é algo fácil de se precisar.

— O senhor acha importante?

— É o elemento temporal — disse Sugden. — O tempo, lembre-se, foi incrivelmente curto.

— Concordo com o senhor que o elemento tempo é muito importante neste caso — comentou Poirot.

— O que dificulta ainda mais é que há duas escadas — disse Sugden. — Há a principal, no saguão, aqui, quase equidistante da sala de jantar e das portas da sala de estar. Depois temos outra do outro lado da casa, pela qual Stephen Farr entrou. Miss Estravados veio pelos patamares superiores daquela ponta da casa, pois o quarto dela fica do outro lado. Os outros dizem que subiram por esta.

— Pois que confusão — disse Poirot.

A porta se abriu e Magdalene entrou com pressa. Ela estava com a respiração acelerada e tinha uma bola de rubor em cada bochecha. Veio até a mesa e falou em voz baixa:

— Meu marido acha que estou deitada nos meus aposentos. Saí em silêncio do quarto. Coronel Johnson — ela fez um apelo a ele com olhos arregalados e angustiados —, se eu lhe contar a verdade, o senhor *promete* fazer silêncio, não é? Não precisa levar *tudo* a público, precisa?

— Está querendo contar, pelo que entendo, Mrs. Lee, algo que não tem ligação com o crime? — comentou Johnson.

— Isso, nenhuma conexão. É apenas algo da minha... da minha vida privada.

— É melhor fazer uma limpa na sua consciência, Mrs. Lee, e deixar que nós julguemos — respondeu Johnson.

— Sim, eu confio no senhor. Sei que posso. — Os olhos dela estavam marejados. — O senhor parece tão gentil. Veja bem, é assim. Há uma pessoa...

— Sim, Mrs. Lee?

— Eu queria telefonar para uma pessoa ontem... um homem, um amigo, e não queria que George soubesse. Sei que foi muito errado da minha parte... Mas, enfim, foi o que aconteceu. Então, fui ao telefone depois da refeição, quando achei que George estaria na sala de jantar. Mas, quando cheguei lá, ouvi ele ao telefone, então esperei.

— Onde a madame esperou? — perguntou Poirot.

— Há um espaço para casacos atrás da escada. É escuro. Eu me escondi ali atrás, de onde conseguiria ver George sair do cômodo. Mas ele não saiu, e aconteceu a barulheira, Mr. Lee gritou, e eu corri para cima.

— Então seu marido só saiu da sala após o momento do homicídio?

— Sim.

— E a senhora, das 21 horas às 21h15, ficou esperando no rebaixo atrás da escada? — perguntou o chefe de polícia.

— Sim, mas entenda que eu não podia *dizer* que estava! Eles iam querer saber o que eu fazia lá. É uma situação muito esquisita para mim. O senhor *entende*, não *entende*?

— É certamente estranha — comentou Johnson, com aspereza.

Ela deu um sorriso gentil para ele.

— Fico *muito* aliviada de ter lhes contado a verdade. E os senhores *não* contarão a meu marido, não é? Tenho certeza de que não! Posso confiar nos senhores, em todos.

Ela incluiu todos no último olhar de súplica e deixou o aposento com pressa.

Johnson respirou fundo.

— Bom. *Pode* ter sido assim! É uma história plausível. Mas...

— Talvez não — comentou Sugden. — E é isto. Não sabemos.

III

Lydia Lee se encontrava à janela oposta da sala de estar, olhando para fora. Sua silhueta estava parcialmente oculta pelas cortinas pesadas. Um som no aposento a fez se virar de susto e ver Hercule Poirot parado à porta.

— O senhor me assustou, *monsieur* Poirot.

— Peço desculpas, madame. Tenho passos leves.

— Achei que fosse Horbury.

Hercule Poirot assentiu.

— É verdade. Tem passo leve aquele homem... lembra um gato... ou um *gatuno*.

Ele parou um minuto para observá-la.

O rosto da mulher não revelou nada, mas ela fez uma pequena carranca de desgosto ao falar:

— Nunca gostei daquele sujeito. Vou ficar contente se me livrar dele.

— Creio que será o mais salutar, madame.

Ela olhou para ele depressa.

— Como assim? O senhor tem alguma acusação contra ele?

— É um homem que coleciona segredos e os usa para proveito próprio.

— Você acha que ele sabe alguma coisa... sobre o homicídio?

Poirot deu de ombros.

— Ele tem pés leves e orelhas compridas. Pode ter ouvido alguma coisa que está guardando para si.

— Está querendo dizer que ele pode querer chantagear um de nós? — perguntou Lydia, sem rodeios.

— Está nos limites da possibilidade. Mas não é o que vim dizer.

— O que o senhor veio dizer?

— Tenho conversado com *monsieur* Alfred Lee. Ele me fez uma proposta e queria discuti-la com a senhora antes de aceitar ou recusar. Mas fiquei tão marcado pela imagem que a senhora desenhou... o desenho encantador de sua malha contra o vermelho profundo das cortinas, que parei para admirar.

— Oras, *monsieur* Poirot. Temos que perder tempo com elogios?

— Peço desculpas, madame. São poucas as damas inglesas que entendem de *la toilette*. O vestido que a senhora trajava na primeira noite que a vi, com aquela padronagem ousada, mas simples, tinha um quê de graciosidade. Distinção.

— O que o senhor gostaria de tratar comigo? — perguntou Lydia, impaciente.

Poirot ficou mais sério.

— É o seguinte, madame. Seu marido quer que eu assuma a investigação com toda a seriedade. Exige que eu fique aqui, na casa, e faça o máximo para chegar ao fundo desta história.

— E?

— Eu não gostaria de aceitar um convite que não seja endossado pela senhora da casa.

— Naturalmente, eu endosso o convite do meu marido.

— Sim, madame, mas preciso de mais. Quer *mesmo* que eu fique aqui?

— Por que não?

— Sejamos mais francos. O que lhe pergunto é o seguinte: quer que a verdade venha à tona ou não?

— Naturalmente.

Poirot deu um suspiro.

— É necessário mesmo me dar essas respostas convencionais?

— Sou uma mulher convencional — respondeu ela. Em seguida, mordeu o lábio, hesitou e prosseguiu: — Talvez seja melhor eu falar com franqueza. É claro que o entendo! A condição não é agradável. Meu sogro foi brutalmente assassinado e, a não ser que se tenha uma acusação contra o suspeito mais provável, Horbury, por assalto e homicídio, e parece que não há, chegamos ao seguinte: *alguém da própria família o matou*. Levar essa pessoa à justiça significará vergonha e desonra a todos nós... Se devo falar com sinceridade, tenho que dizer que *não quero* que isso aconteça.

— A senhora ficará à vontade se o assassino sair impune?

— Provavelmente existem vários assassinatos sem solução no mundo.

— Posso garantir que sim.

— Importa haver mais um, então?

— E quanto aos outros familiares? Os inocentes?

Ela o encarou.

— O que tem eles?

— Percebe que, caso se desenrole como a senhora espera, *ninguém vai saber*. A sombra recairá sobre todos do mesmo modo...

— Eu não havia pensado nisso.

— *Nunca se saberá quem é o culpado*... a não ser que *a madame* já saiba.

— O senhor não tem o direito de dizer uma coisa dessas! Não é verdade! Ah, se pudesse ser um estranho... não um membro da família.

— É possível ser ambos.

Ela olhou para ele.

— O que quer dizer?

— Pode ser um familiar... e, ao mesmo tempo, um estranho... Não entende o que quero dizer? *Eh bien*, é uma ideia que ocorreu à mente de Hercule Poirot. — Ele olhou para ela. — Bom, madame, o que devo dizer a Mr. Lee?

Lydia ergueu as mãos e as deixou caírem, num gesto repentino de quem perdeu as defesas.

— É claro. O senhor tem que aceitar.

IV

Pilar estava no meio da sala de música. Sentava-se retíssima, lançando olhares de um lado para o outro como um animal com medo de ser atacado.

— Quero fugir daqui! — disse ela.

— Você não é a única que se sente assim — comentou Stephen Farr. — Mas não vão nos deixar sair, minha cara.

— Está falando... da polícia?

— Estou.

— Não gosto de me meter com a polícia. É uma situação que não devia acontecer com gente de respeito.

— Refere-se a você mesma? — questionou Stephen com um sorriso amarelo.

— Não, estou falando de Alfred e Lydia, David, George, Hilda e, sim, até Magdalene.

Stephen acendeu um cigarro. Deu algumas tragadas antes de falar:

— Por que a exceção?

— Que exceção?

— Por que o irmão Harry fica de fora?

Pilar riu, exibindo dentes brancos e alinhados.

— Ah, Harry é diferente! Acho que ele sabe muito bem como é se meter com a polícia.

— Talvez você esteja certa. Ele é bastante pitoresco para o cenário da casa. Gosta de seus parentes ingleses, Pilar?

— São educados... são todos muito educados. Mas não riem muito, não são muito alegres.

— Minha cara, acabou de acontecer um homicídio na casa!

— Si-sim — falou Pilar, com dúvida.

— Um homicídio — repetiu Stephen, em tom instrutivo — não é uma ocorrência tão cotidiana quanto sua indiferença aparentemente sugere. Na Inglaterra, levam-se homicídios a sério, independentemente do que se faça na Espanha.

— Você está caçoando de mim...

— De modo algum. Não estou com humor para gracejos.

Pilar o encarou e disse:

— Você também quer fugir daqui, certo?

— Quero.

— E aquele policial bonitão não deixa você ir embora?

— Nem perguntei. Mas, caso perguntasse, não tenho dúvida de que ele negaria. Tenho que olhar por onde ando, Pilar, e ter muito cuidado.

— É muito cansativo — disse Pilar, assentindo com a cabeça.

— É um pouco mais do que cansativo, minha cara. Temos aquele estrangeiro lunático fuçando tudo. Não creio que seja bom no que faz, mas ele me deixa nervoso.

Pilar franziu o cenho.

— Meu avô era muito, muito rico, não era?

— Assim imagino.

— E para onde irá o dinheiro dele? Para Alfred e os outros?

— Depende do testamento.

— Ele pode ter me deixado algum dinheiro, mas temo que não seja o caso — disse Pilar, pensativa.

— Você vai ficar bem. Faz parte da família, afinal. Faz parte da casa. Eles terão que cuidar de você.

Pilar suspirou e respondeu:

— Eu... faço parte. É engraçado. Mas também não tem graça.

— Percebi que você não vê muita graça.

Pilar suspirou de novo.

— Acha que podemos ligar o gramofone e dançar?

— Não seria de bom tom — comentou Stephen. — A casa está em luto, sua espanhola assanhada.

— Mas não me sinto nem um pouco triste — disse Pilar, com os olhos arregalados. — Porque não conheci meu avô de verdade e, embora gostasse de conversar com ele, não quero chorar e ficar triste porque ele faleceu. Fingir é muito bobo.

— Que adorável!

— Poderíamos botar meias e luvas no gramofone, aí ele não faria tanto barulho e ninguém mais escutaria.

— Então venha, feiticeira.

Ela riu com alegria e saiu da sala, dirigindo-se ao salão de baile na outra ponta da casa.

Então, ao chegar à passagem lateral que levava à porta do jardim, ela parou de supetão. Stephen a alcançou e também parou.

Hercule Poirot havia tirado um retrato da parede e o estava analisando à luz da varanda. Olhou para cima e os viu.

— Arrá! Chegaram em momento oportuno.

— O que o senhor está fazendo?

Ela se aproximou e parou ao lado dele.

— Estou analisando algo muito importante: o rosto de Simeon Lee quando era moço — explicou Poirot.

— Ah, esse é meu avô?

— Sim, *mademoiselle*.

Ela olhou o rosto pintado.

— Que diferente... muito diferente... Ele era tão velho, tão enrugado. Aqui ele está como Harry, como Harry devia ser há dez anos.

Hercule Poirot assentiu.

— Sim, *mademoiselle*. Harry é mesmo filho de seu pai. Agora, aqui... — Ele a conduziu para dentro da galeria. — Aqui está madame, sua avó... um rosto comprido, delicado, cabelos loiros, olhos azuis suaves.

— Como David — disse Pilar.

— E um quê de Alfred — observou Stephen.

— A hereditariedade é algo interessante. Mr. Lee e a esposa eram tipos diametralmente opostos. No geral, os filhos costumam puxar à mãe. Veja aqui, *mademoiselle*.

Ele apontou o retrato de uma moça com uns dezenove anos, cabelos que pareciam fios de ouro e olhos azuis largos e risonhos. A cor era a da esposa de Simeon Lee, mas havia um espírito, uma vivacidade que aqueles suaves olhos azuis e feições plácidas nunca haviam conhecido.

— Ah! — disse Pilar.

A cor voltou ao seu rosto.

A mão foi ao pescoço. Ela puxou um relicário de uma corrente de ouro. Apertou a lingueta e o relicário se abriu. O mesmo rosto risonho ergueu-se para Poirot.

— Minha mãe — falou Pilar.

Poirot assentiu. Do outro lado do relicário havia o retrato de um homem. Ele era jovem e bonito, com cabelos pretos e olhos azuis-escuros.

— Seu pai? — indagou Poirot.

— Sim, é meu pai. Muito bonito, não é?

— É, de fato. São poucos os espanhóis de olhos azuis, não é, *señorita*?

— Há vários no norte. Além disso, a mãe de meu pai era irlandesa.

— Então a senhorita tem sangue espanhol, irlandês e inglês, além de um toque cigano. Sabe o que acho, *mademoiselle*? Com esta herança, a senhorita daria um péssimo inimigo.

— Lembra-se do que disse no trem, Pilar? — comentou Stephen, rindo. — Que seu modo de lidar com os inimigos seria degolando. Oh!

Ele parou, percebendo repentinamente o peso do que havia dito.

Hercule Poirot foi veloz em desviar a conversa daquele rumo.

— Ah, sim, havia uma coisa, *señorita*, que eu precisava lhe pedir. Seu passaporte. Meu amigo superintendente precisará. Há, como sabe, regulamentos policiais... Muito imbecis, muito enfadonhos, mas necessários, para um estrangeiro neste país. E é evidente que, por lei, a senhorita é estrangeira.

As sobrancelhas de Pilar se levantaram.

— Meu passaporte? Sim, vou buscar. Está no meu quarto.

Poirot falou em tom de desculpas enquanto caminhava ao lado dela:

— Sinto muito por incomodá-la. Sinto mesmo.

Eles haviam chegado à ponta da longa galeria. Havia um lance de escada. Pilar subiu depressa e Poirot foi atrás. Stephen também foi. O quarto de Pilar ficava no alto da escada.

— Vou pegá-lo para o senhor — disse ela ao chegar na porta.

Ela entrou. Poirot e Stephen Farr continuaram esperando do lado de fora.

— Danado de bobo da minha parte dizer uma coisa daquelas — comentou Stephen, com remorso. — Mas acho que ela não notou. O senhor concorda?

Poirot não respondeu. Ele deixou a cabeça pender de lado, como se estivesse prestando atenção.

— Os ingleses têm uma afeição extraordinária pelo ar puro. Miss Estravados deve ter herdado essa característica.

— Por quê?

— Porque embora hoje esteja extremamente frio, a geada preta, como se diz (nada como ontem, tão suave e ensolarado), Miss Estravados acaba de abrir a parte inferior da sua janela. É incrível amar tanto o ar puro.

De repente, ouviu-se uma exclamação em espanhol de dentro do quarto e Pilar ressurgiu com risos de consternação.

— Ah! — gritou ela. — Mas eu sou muito burra... e desastrada. Meu estojinho estava no parapeito e eu estava mexendo nele tão rápido e tão atabalhoada que derrubei meu passaporte da janela. Está caído no canteiro. Vou pegar.

— Eu pego — disse Stephen, mas Pilar passou voando por ele e exclamou por cima do ombro.

— Não, a burrice foi minha. Você vá para a sala de estar com *monsieur* Poirot e eu os encontro lá.

Stephen Farr parecia tentado a ir atrás dela, mas a mão de Poirot caiu delicadamente no seu braço.

— Vamos por aqui — sugeriu o detetive.

Eles andaram pelo corredor do primeiro andar, na direção da outra ponta da casa, até chegarem ao alto da escadaria principal.

— Não vamos descer ainda — disse Poirot. — Se puder vir comigo ao quarto do crime, há uma pergunta que gostaria de lhe fazer.

Eles caminharam pelo corredor que levava ao quarto de Simeon Lee. À esquerda, passaram pela alcova que continha duas estátuas de mármore, ninfas robustas segurando suas vestes em agonia, mas com o decoro vitoriano.

Stephen Farr olhou para elas e balbuciou:

— São assustadoras à luz do dia. Achei que havia três destas quando passei aqui na noite passada, mas graças aos céus são apenas duas!

— Hoje em dia não se admira mais esse tipo de arte — admitiu Poirot. — Mas não há dúvida de que custaram caro na época. Ficam melhores à noite, creio eu.

— Sim, se vê apenas a silhueta branca reluzente.

— No escuro, todos os gatos são pardos! — comentou Poirot.

Encontraram Sugden no quarto. Estava ajoelhado próximo ao cofre, examinando-o com uma lupa. Ele ergueu o olhar quando os outros entraram.

— Foi aberto com a chave. Por alguém que sabia a combinação. Não há sinal de outra opção.

Poirot foi até ele, puxou-o de lado, e sussurrou alguma coisa. O superintendente assentiu e saiu da sala.

Poirot se virou para Stephen Farr, que estava parado olhando para a poltrona na qual Simeon Lee sempre se sentava. Seu cenho estava franzido e as veias da testa estavam evidentes. Poirot olhou para ele por alguns instantes em silêncio.

— O senhor está se lembrando... não é?

— Há dois dias ele estava ali, vivo... E agora... — Depois que seu instante absorto passou, ele disse: — Bom, *monsieur* Poirot, o senhor me trouxe aqui para perguntar uma coisa, não foi?

— Ah, sim. O senhor foi, creio eu, a primeira pessoa a chegar no local naquela noite, certo?

— Fui? Não lembro. Não, creio que uma das damas estava aqui antes de mim.

— Qual dama?

— Uma das esposas... a de George ou a de David... sei que as duas chegaram muito rápido.

— Então o senhor não ouviu o grito, como creio que disse?

— Creio que não ouvi. Não consigo lembrar. Alguém gritou, mas pode ter sido alguém no andar de baixo.

— O senhor não ouviu um grito como este?

Ele jogou a cabeça para trás e de repente deu um berro penetrante.

Foi tão inesperado que Stephen olhou para trás e quase caiu no chão.

— Pelo Divino, quer assustar a casa inteira? — perguntou, com raiva. — Não, não ouvi nada parecido com isto! Vai deixar a casa inteira em polvorosa de novo! Vão achar que aconteceu outo assassinato!

Poirot ficou desalentado.

— É verdade... foi uma tolice... Temos que sair.

Ele saiu do quarto com pressa. Lydia e Alfred estavam ao pé da escada, olhando para cima. George havia saído da biblioteca e se juntou a eles. Pilar vinha correndo com um passaporte na mão.

— Não é nada... nada. Não se alarmem. Um pequeno experimento que eu queria fazer. Nada mais — explicou Poirot.

Alfred pareceu incomodado e George, indignado. Poirot deixou Stephen a explicar e saiu rapidamente pela passagem para a outra ponta da casa.

Ao final da passagem, Sugden saiu devagar do quarto de Pilar e encontrou Poirot.

— *Eh bien*? — perguntou Poirot.

O superintendente fez que não com a cabeça.

— Nem um pio.

Seus olhos, denotando compreensão, encontraram os de Poirot, e ele assentiu.

V

— Então aceita, *monsieur* Poirot? — perguntou Alfred Lee.

Sua mão, conforme ia para a boca, sacudiu de leve. Seus olhos levemente castanhos estavam iluminados com expressão renovada e febril. Ele gaguejava um pouco ao falar. Lydia, em silêncio ao seu lado, olhou para ele com certo nervosismo.

— O senhor não sabe... O senhor nã-nã-não tem como imaginar... o que si-si-significa para mim... O assassino do meu pai *tem* que ser e-e-encontrado — disse Alfred.

— Já que o senhor me garante que refletiu bastante e com o devido cuidado... Sim, aceito. Mas, compreenda, Mr. Lee, que não há retorno. Não sou o cachorro que põem a caçar e depois se manda embora porque não gostaram da caça que ele trouxe!

— É claro, é claro... Tudo está preparado. Seu quarto está arrumado. Fique o tempo que precisar...

— Não será muito.

— Hã? Como assim?

— Falei que não será por muito tempo. Neste crime há um círculo tão restrito que não há como se demorar muito para chegar à verdade. Creio que o fim se aproxima.

Alfred olhou para ele.

— Impossível.

— De modo algum. Todos os fatos apontam, de modo mais ou menos evidente, em uma direção só. Há uma questão irrelevante para se eliminar. Quando isso acontecer, a verdade surgirá.

— O senhor está dizendo que *já sabe*?

Poirot sorriu.

— Ah, sim. Eu sei.

— Meu pai... meu pai...

Ele se virou.

— Há dois pedidos que preciso fazer, *monsieur* Lee.

— O que quiser... — respondeu Alfred, a voz abafada. — O que o senhor quiser.

— Então, em primeiro lugar, gostaria do retrato de *monsieur* Lee quando jovem colocado no quarto que o senhor fez a gentileza de me atribuir.

Alfred e Lydia ficaram olhando para ele.

Alfred disse:

— O retrato de meu pai... mas por quê?

— Ele vai... como posso dizer... me inspirar — respondeu Poirot, com um abanar da mão.

— Então o que propõe, *monsieur* Poirot, é solucionar um crime por clarividência? — comentou Lydia.

— Digamos, madame, que pretendo usar não apenas os olhos do corpo, mas os olhos da mente.

Ela deu de ombros.

— A seguir, *monsieur* Lee, gostaria de saber as circunstâncias reais relacionadas à morte do marido de sua irmã, Juan Estravados — prosseguiu Poirot.

— É mesmo necessário? — indagou Lydia.

— Quero todos os fatos, madame.

— Juan Estravados matou outro homem em um café numa discussão sobre uma mulher — contou Alfred.

— Como ele o matou?

Alfred olhou para Lydia, num apelo.

— A facadas — contou ela, de modo imparcial. — Juan Estravados não foi condenado à morte, pois houve provocação. Ele foi sentenciado ao cárcere e morreu na prisão.

— A filha sabe do que aconteceu?

— Creio que não.

— Não, Jennifer nunca lhe contou — respondeu Alfred.

— Obrigado.

— O senhor não acha que Pilar... — disse Lydia. — Ora, que absurdo!

— Agora, *monsieur* Lee, pode me dar detalhes a respeito de seu irmão, *monsieur* Harry Lee? — pediu Poirot.

— O que deseja saber?

— Creio que ele foi considerado uma espécie de desgraça para a família. Por quê?

— Faz tanto tempo... — respondeu Lydia.

— Se deseja mesmo saber, *monsieur* Poirot, ele roubou uma grande quantia ao forjar o nome de meu pai em um cheque — contou Alfred, com a cor voltando ao rosto. — Naturalmente, meu pai não o processou. Harry sempre foi vigarista. Ele já teve problemas no mundo inteiro. Estava sempre telegrafando atrás de dinheiro para sair de enrascadas. Ele passou pela porta da cadeia de todos os lugares que o senhor imaginar.

— Você não tem *certeza* disso tudo, Alfred — disse Lydia.

— Harry não é boa pessoa... não é boa pessoa mesmo! Nunca foi! — acusou Alfred, com as mãos tremendo.

— Pelo que vejo, um não morre de amores pelo outro, certo? — comentou Poirot.

— Ele castigou meu pai... castigou, desavergonhadamente!

Lydia deu um suspiro, um suspiro rápido, de impaciência. Poirot ouviu e lhe lançou um olhar penetrante.

— Se ao menos encontrássemos esses diamantes. Tenho certeza de que a solução está ali — comentou ela.

— *Já foram encontrados, madame* — contou Poirot.

— Como é?

— Foram encontrados em seu pequeno jardim do Mar Morto... — explicou Poirot, com delicadeza.

— No meu jardim?! Que... que extraordinário!

— Não é mesmo, madame? — disse Poirot com delicadeza.

Capítulo 6

27 de dezembro

— Foi melhor do que eu temia que fosse! — comentou Alfred, com um suspiro.

Eles haviam acabado de retornar do inquérito.

Mr. Charlton, um advogado à moda antiga, de olhos azuis e cautelosos, estivera presente e havia voltado com eles.

— Ah, eu lhes disse que o processo seria puramente formal... puramente formal — disse o advogado. — Era certo que haveria um adiamento... para possibilitar à polícia recolher mais evidências.

— Foi muito desagradável, *deveras* desagradável... — respondeu George, comedido. — Que situação terrível para se estar! Da minha parte, tenho plena convicção de que o crime foi cometido por um maníaco que, de algum modo, conseguiu entrar na casa. O tal Sugden é obstinado como uma mula. Johnson deveria convocar o apoio da Scotland Yard. A polícia local não é boa. Muito cabeça-dura. E quanto a esse tal de Horbury? Ouvi dizer que seu histórico não é ilibado, mas a polícia não toma uma atitude sequer.

— Ah... creio que o tal Horbury tenha um álibi satisfatório que cobre o período em questão. A polícia já confirmou — explicou Mr. Charlton.

— Mas por quê? — George estava indignado. — Se eu fosse eles, teria dúvidas quanto a esse álibi... muitas dúvidas. Um criminoso sempre fornece um álibi. É natural! É dever da polícia desmembrar o álibi. Quer dizer, isso se souberem como trabalhar.

— Ora, ora — disse Mr. Charlton. — Não acho que seja nossa função ensinar à polícia como se faz o trabalho deles, não acha? Temos um corpo de profissionais muito competente, em termos gerais.

George sacudiu a cabeça, em tom carregado.

— Deveriam chamar a Scotland Yard. Não estou nada satisfeito com o Superintendente Sugden... Ele pode ser meticuloso, mas está longe de ser brilhante.

— Não concordo com o senhor, como já sabe — disse Mr. Charlton. — Sugden é um homem de bem. Não abusa da sua autoridade, mas chega à solução.

— Tenho certeza de que a polícia está fazendo tudo que pode — comentou Lydia. — Mr. Charlton, gostaria de uma taça de xerez?

Mr. Charlton agradeceu com educação, mas recusou. Depois, soltando um pigarro, passou à leitura do testamento, com todos os familiares reunidos.

Ele leu com certo apreço, demorando-se na fraseologia mais obscura e saboreando todas as tecnicalidades jurídicas.

Chegou ao final, tirou os óculos, limpou as lentes e olhou para a companhia reunida com tom inquisitivo.

— É meio difícil acompanhar esse imbróglio jurídico — disse Harry. — Pode nos dar o resumo, por favor?

— Oras — comentou Mr. Charlton. — É um testamento simples.

— Meu Deus, então como seria um testamento complicado? — quis saber Harry.

Mr. Charlton o rebateu com um olhar gélido.

— As disposições elementares do testamento são muito simples. Metade dos bens de Mr. Lee irá para um filho, Mr. Alfred Lee, e o restante será dividido entre os outros filhos.

Harry deu uma risada de desagrado.

— Como sempre, Alfred deu sorte! Metade da fortuna do meu pai! Que sortudo você, hein, Alfred?

Alfred corou.

— Alfred era um filho leal, dedicado ao pai — respondeu Lydia, ríspida. — Ele cuida das funções há anos e sempre teve responsabilidade.

— Ah, sim, Alfred sempre foi o menino comportadinho — disse Harry.

— Pois eu acho que *você* deve se considerar com sorte, Harry, de meu pai ter lhe deixado qualquer coisa que seja! — reagiu Alfred, com rispidez.

Harry riu, jogando a cabeça para trás.

— Teria preferido que ele me cortasse por completo, não é? Você nunca gostou de mim.

Mr. Charlton tossiu. Ele estava acostumado, e bem acostumado, às cenas dolorosas que sucediam à leitura de um testamento. Estava ansioso para fugir antes da costumeira briga de família começar.

— Eu acho... hã... que é tudo que de que preciso... hã...

— E quanto a Pilar? — indagou Harry.

Mr. Charlton riu de novo, desta vez em tom de desculpas.

— Hã... Miss Estravados não é citada no testamento.

— Ela não recebe a parte da mãe? — perguntou Harry.

— *Señora* Estravados, caso ainda fosse viva, de certo teria recebido uma parte igual às suas — explicou Mr. Charlton —, mas, como faleceu, a parcela que lhe caberia volta ao patrimônio para ser dividida entre os senhores.

Pilar falou devagar, com a voz carregada do sul:

— Então... eu fico... com nada?

— Minha cara, é claro que a família vai resolver essa questão — disse Lydia.

— Você poderá morar aqui com Alfred... não é, Alfred? — sugeriu George. — Nós... hã... você é nossa sobrinha... é nosso dever cuidar de você.

— Será sempre uma alegria ter Pilar conosco — disse Hilda.

— Ela deveria ficar com a devida parcela — comentou Harry. — Ela deveria ficar com a parte de Jennifer.

— Eu deveria, hã, seguir adiante — balbuciou Mr. Charlton. — Até mais ver, Mrs. Lee... o que eu puder fazer... hã... pode me consultar a qualquer horário...

Ele escafedeu-se. Sua experiência previa que todos os ingredientes para uma briga de família estavam a postos.

Conforme a porta se fechou após o advogado passar, Lydia falou com voz claríssima:

— Concordo com Harry. Acho que Pilar merece sua parte. Este testamento foi feito anos antes da morte de Jennifer.

— Que absurdo — disse George. — Seu raciocínio é desleixado e ilegal, Lydia. A lei é a lei. Temos que respeitá-la.

— Foi um azar, é claro, e sentimos muito por Pilar, mas George tem razão. Como ele diz, a lei é a lei — repetiu Magdalene.

Lydia se levantou. Ela pegou Pilar pela mão.

— Minha cara. Deve ser muito desagradável ouvir esse tipo de coisa. Pode nos deixar a sós enquanto discutimos? — Ela conduziu a moça até a porta. — Não se preocupe, minha cara, deixe comigo.

Pilar saiu da sala lentamente. Lydia fechou a porta quando ela passou e virou-se de novo.

Houve um instante de pausa enquanto todos respiravam fundo e, no momento seguinte, a batalha estava a pleno vapor.

— Você sempre foi um avarento, George — comentou Harry.

— Seja como for, nunca fui parasita nem patife! — retrucou George.

— Você foi tão parasita quanto eu! Aproveitou-se do papai esses anos todos.

— Parece que você esquece que tenho um cargo árduo e de responsabilidade que...

— Responsável e árduo... até parece! — interrompeu Harry. — Você não passa de um tagarela metido a besta!

— Como se atreve? — gritou Magdalene.

— Não poderíamos discutir *com tranquilidade*? — perguntou Hilda, com a voz calma e levemente mais alta do que o comum.

Lydia lhe lançou um olhar de agradecimento.

— Vamos fazer um rebuliço desses por causa de *dinheiro*? — falou David com violência repentina.

Magdalene falou, venenosa:

— Como é bom ser magnânimo. Você não vai recusar o que lhe é legado, vai? *Você* quer dinheiro tanto quanto o resto de nós! Esse altruísmo não passa de pose!

— Acha que eu deveria recusar? Eu me pergunto... — respondeu David, com voz embargada.

— É óbvio que não — falou Hilda, veemente. — Mas será que temos que nos comportar como crianças? Alfred, você é o chefe da família...

Alfred pareceu despertado de um sonho.

— Peço desculpas. Todos vocês gritando ao mesmo tempo. Eu... eu fico confuso.

— Como Hilda acaba de ressaltar, por que temos que nos comportar como crianças egoístas? — indagou Lydia. — Vamos discutir com calma e sanidade e — complementou com pressa — uma coisa de cada vez. Alfred vai falar primeiro porque é o mais velho. O que você acha que deveríamos fazer a respeito de Pilar, Alfred?

— Ela deve morar aqui, com certeza — respondeu ele sem pressa. — E deveríamos lhe dar uma mesada. Não creio que ela tenha direitos jurídicos ao dinheiro que teria sido legado à sua mãe. Ela não é uma Lee, lembrem-se. Ela é cidadã espanhola.

— Nenhum direito jurídico, de fato — disse Lydia. — Mas creio que ela tem direito *moral*. Pelo que percebo, mesmo tendo se casado com um espanhol contra a vontade do seu pai, ele reconheceu que a filha teria direito igualitário. George, Harry, David e Jennifer deveriam dividir igualmente. Jennifer morreu no ano passado, há tão pouco tempo. Tenho certeza de que, quando mandou chamar Mr. Charlton, ele desejava fazer uma provisão digna para Pilar num novo testamento. Ele a teria destinado pelo menos a parcela da mãe. Lembrem-se de que ela é a única neta. Creio que o mínimo que *nós* podemos fazer é sermos diligentes para remediar qualquer injustiça que seu pai já estava a postos para remediar.

— Muito bem colocado, Lydia! — comentou Alfred, calorosamente. — Eu estava errado. Concordo que Pilar deva receber a parte de Jennifer na fortuna de meu pai.

— Sua vez, Harry — disse Lydia.

— Como sabem, estou de acordo — falou Harry. — Creio que Lydia expôs a situação muito bem, e gostaria de dizer que a admiro.

— George? — perguntou Lydia.

George estava com o rosto vermelho.

— É óbvio que não! É um absurdo! Que lhe deem uma casa e uma mesada digna. Já é o bastante!

— Então você se recusa a cooperar? — perguntou Alfred.

— Sim, me recuso.

— E ele tem razão — disse Magdalene. — É uma desgraça sugerir que ele deva fazer algo desse tipo! Considerando que George é o *único* familiar que fez *alguma coisa* no mundo, acho vergonhoso que o pai lhe tenha deixado tão pouco!

— David? — perguntou Lydia.

David falou, absorto:

— Ah, acho que você tem razão. É uma pena que tenhamos tanta deselegância e desavença em tudo.

— Você tem plena razão, Lydia — comentou Hilda. — É justo!

Harry olhou em volta.

— Bem, está claro: da família, Alfred, eu e David somos a favor da moção. George é contra. O sim venceu.

— Não é uma questão de sins e nãos — falou George com veemência. — Minha parte do legado de meu pai é absolutamente minha. Não vou renunciar a um centavo que seja.

— Não vai mesmo — disse Magdalene.

— Se você quer ficar de fora, é com você — comentou Lydia. — Nós, os restantes, vamos compor sua parte do total.

Ela olhou em volta em busca de aprovação e os outros concordaram.

— Alfred ficou com a maior parte. Então deveria cobrir a maior parte também — disse Harry.

— Vejo que sua sugestão original, aparentemente desinteressada, logo vai mostrar a que veio — comentou Alfred.

— Não vamos começar de novo! — pediu Hilda, com firmeza. — Lydia vai contar a Pilar o que resolvemos. Podemos ajustar os detalhes depois.

Na esperança de criar uma distração, complementou:

— Queria saber onde estão Mr. Farr e *monsieur* Poirot.

— Deixamos Poirot no vilarejo a caminho do inquérito. Ele disse que precisava fazer uma aquisição importante — contou Alfred.

— Por que *ele* não foi ao inquérito? Ele deveria ter ido, oras! — disse Harry.

— Talvez ele soubesse que não seria importante — sugeriu Lydia. — Quem é que está ali no jardim? O Superintendente Sugden ou Mr. Farr?

O empenho das duas mulheres teve resultado. O conclave da família se encerrou.

— Obrigada, Hilda — falou Lydia em privado. — Gentil da sua parte me apoiar. Olha, você tem sido um *grande* consolo no meio disso tudo.

— É esquisito como o dinheiro incomoda as pessoas — observou Hilda.

Todos os outros haviam saído do recinto. As duas mulheres estavam sozinhas.

— Sim… até Harry… embora a sugestão tenha vindo dele! — disse Lydia. — E meu pobre Alfred… tão britânico! Ele não aceita de jeito nenhum que o dinheiro dos Lee vá para uma cidadã espanhola.

— Você acha que nós, mulheres, somos menos sofisticadas? — perguntou Hilda, sorrindo.

— Bom, como sabe, não é exatamente nosso dinheiro... não é *nosso*! — observou Lydia, dando de ombros. — Isso pode fazer diferença.

— É uma criança estranha... Pilar, no caso. O que será dela?

Lydia deu um suspiro.

— Fico feliz que ela será independente. Viver aqui, ganhar uma casa e uma mesada, não seria, penso eu, muito satisfatório. Ela é muito orgulhosa e acho que muito... muito estrangeira. Certa vez, eu trouxe um lápis-lazúli muito bonito do Egito. Lá, diante de sol e areia, era de uma cor gloriosa... um azul caloroso, reluzente. Mas, quando cheguei em casa, o azul mal se destacava. Era só uma fila de continhas escuras e sem graça.

— Sim, entendo... — disse Lydia, gentil.

— Fico muito feliz em finalmente conhecer você e David. Fico feliz que os dois tenham vindo.

Hilda deu um suspiro.

— Nos últimos dias, muito desejei que não tivéssemos!

— Eu sei. Deve ter mesmo... Mas, como sabe, Hilda, o choque não afetou David nem um pouco quanto poderia. Ele é tão sensível que poderia tê-lo transtornado por completo. Na verdade, desde o homicídio, ele está com uma aparência muito melhor...

Hilda pareceu um pouco perturbada.

— Você notou? Em certo sentido, é uma coisa assustadora... Mas, oh! Lydia, não há dúvida!

Ela ficou em silêncio por um minuto, recompondo as palavras que o marido havia lhe dito na noite anterior. Ele, com toda a avidez e com os cabelos loiros jogados para trás da testa, havia falado:

"— Hilda, lembra-se da *Tosca*... de quando Scarpia morre e Tosca acende as velas na sua cabeça e nos seus pés? Lembra-se do que ela diz? '*Agora* posso perdoá-lo...' É assim que me sinto quanto a papai. Agora vejo que, em todos estes anos, não consegui perdoá-lo e ainda assim eu queria... Mas não, *agora* não há mais rancor. Está tudo apagado. E me sinto... ah, me sinto como se um grande peso houvesse saído das minhas costas."

Ela havia lhe dito, esforçando-se para lutar contra um temor repentino:

"— Por ele ter morrido?"

E ele gaguejou devido à avidez:

"— Não, não, você não entendeu. Não é porque *ele* morreu, mas porque meu ódio tolo por ele morreu..."

Agora, Hilda pensava naquelas palavras.

Queria repeti-las para a mulher a seu lado, mas, por instinto, sabia que era mais inteligente não falar.

Ela seguiu Lydia, saindo da sala de estar para o saguão.

Magdalene estava lá, perto da mesa do saguão, com uma pequena encomenda nas mãos. Ela deu um salto quando as viu.

— Ah, deve ser a aquisição tão importante de *monsieur* Poirot. Eu o vi soltar ali agora mesmo. O que será que é? — perguntou ela, olhando de um lado para outro e dando risadinhas, mas seus olhos estavam afiados e nervosos, desmentindo a alegria afetada de suas palavras.

As sobrancelhas de Lydia se ergueram.

— Tenho que tomar um banho antes do almoço.

— Eu só queria dar uma *espiada*! — disse Magdalene, ainda com uma afetação de infantilidade, mas incapaz de evitar a nota de ansiedade na voz.

Ela desenrolou o pedaço de papel e soltou uma exclamação nítida. Ficou olhando para o que tinha na mão.

Lydia parou e Hilda também. As duas ficaram olhando.

— É um bigode falso — comentou Magdalene com voz intrigada. — Mas... mas... por quê?

— Disfarce? Mas... — falou Hilda, em dúvida.

Lydia terminou a frase por ela.

— Mas *monsieur* Poirot já tem um belo bigode.

Magdalene estava enrolando a encomenda de novo.

— Não entendo. É... é uma *loucura*. *Por que monsieur* Poirot compraria um bigode falso?

II

Quando Pilar saiu da sala de estar, foi caminhando devagar pelo saguão. Stephen Farr estava vindo pela porta do jardim.

— Então? O conclave familiar já acabou? O testamento já foi lido? — perguntou ele.

— Não fiquei com nada! Absolutamente nada! Era um testamento feito há anos. Meu avô deixou dinheiro para minha mãe, mas, como ela morreu, não virá para mim, mas para *eles*.

— Me parece injusto.

— Se o velho ainda estivesse vivo, ele teria feito outro testamento. Teria deixado dinheiro para *mim*. Muito dinheiro! Quem sabe, com o avançar do tempo, ele teria me deixado *todo* o dinheiro!

— Não teria sido muito justo também, não acha?

— Por que não? Ele gostaria mais de mim e ponto final.

— Que criança gulosa. Uma jovem interesseira.

— O mundo é muito cruel com as mulheres. Elas têm que fazer tudo que puderem por si enquanto são moças. Quando ficam velhas e feias, ninguém ajuda.

— É mais verdade do que gosto de pensar. Mas não é *toda* a verdade. Alfred Lee, por exemplo, era genuinamente afeito ao pai, apesar de o velho ser irritante e exigente.

O queixo de Pilar subiu.

— Alfred é um grande tolo.

Stephen riu.

— Bom, não se preocupe, querida Pilar. Os Lee vão cuidar de você, como sabe.

— Não será muito divertido, no caso.

— Não, sinto dizer que não. Não consigo vê-la morando aqui, Pilar. Gostaria de ir para a África do Sul?

Pilar assentiu.

— Lá temos sol e espaço — disse ele. — Temos trabalho pesado também. Você é boa no trabalho, Pilar?

— Não sei.

— Prefere passar o dia na varanda comendo doces? E ficar absurdamente gorda, com três papadas?

Pilar riu.

— Assim é melhor. Fiz você rir — disse ele.

— Achei que eu riria neste Natal! Li nos livros que o Natal inglês é muito alegre, que as pessoas comem uvas-passas queimadas e que há pudim de ameixas flambado, e uma coisa que chamam de *Yule log*.

— Ah, mas é melhor ter um Natal que não tenha a complicação de um assassinato. Entre aqui um minuto. Lydia me trouxe aqui ontem, na despensa. — Ele a conduziu até uma sala um pouco maior do que um guarda-louça. — Veja, Pilar: caixas e mais caixas de biscoitos, frutas secas, laranjas, tâmaras e nozes. E aqui...

— Oh! — Pilar juntou as mãos. — Como são lindas estas bolas prateadas e douradas.

— Estas eram para pendurar numa árvore, com presentes para os criados. E aqui temos homenzinhos de neve cintilantes para colocar na mesa de jantar. E aqui temos balões de todas as cores, prontos para encher!

— Ah! — Os olhos de Pilar brilharam. — Ah! Podemos encher? Lydia não iria se importar. Eu amo balões.

— Minha querida! Tome, qual você vai querer?

— Vou querer um vermelho.

Eles escolheram os balões e assopraram, com as bochechas distendidas. Pilar parou de soprar para rir e seu balão esvaziou de novo.

— Você fica tão engraçado soprando... com as bochechas estufadas.

Sua risada ressoou. Então ela se empenhou em encher, soprando diligentemente. Eles amarraram os balões com cuidado e começaram a brincar, dando batidinhas para subirem, jogando-os para lá e para cá.

— No saguão teríamos mais espaço — comentou ela.

Um jogava balões para o outro, aos risos, quando Poirot entrou no saguão. Olhou para eles com indulgência.

— Então, estão em *jeux d'enfants*? Que lindo!

— O meu é o vermelho — falou Pilar, sem fôlego. — É maior do que o dele. Bem maior. Se o levássemos para fora, ele subiria até o céu.

— Vamos soltá-los e fazer desejos — disse Stephen.

— Ah, sim, boa ideia.

Pilar correu até a porta do jardim. Stephen foi atrás. Poirot foi depois, ainda com expressão indulgente.

— Vou desejar um monte de dinheiro — anunciou Pilar.

Ela estava na ponta dos pés, segurando o cordão do balão, que foi puxado gentilmente conforme veio uma rajada de vento. Pilar soltou e o deixou flutuar, levado pela brisa.

Stephen riu.

— Você não pode contar seu desejo.

— Não? Por que não?

— Porque ele não se realiza. Agora, vou fazer o meu.

Ele soltou o balão, mas não teve tanta sorte. Ele saiu flutuando de lado, foi pego por uma moita e estourou.

Pilar correu até a moita, depois anunciou em tom de tragédia:

— Ele se foi... — Então, enquanto remexia o pequeno fiapo mole de borracha com o dedo do pé, disse: — Então foi isso que peguei no quarto do meu avô. Ele também tinha um balão, mas o dele era rosa.

Poirot soltou uma exclamação aguda. Pilar se virou, inquisitiva.

— Não foi nada. Eu esfaqueei... quer dizer, machuquei... o dedo do pé — explicou Poirot.

Ele se virou e olhou para a casa.

— Tantas janelas! Uma casa, *mademoiselle*, tem olhos... e tem ouvidos. É lamentável que os ingleses sejam tão afeitos a janelas abertas.

Lydia saiu na varanda.

— O almoço acaba de ficar pronto. Pilar, minha cara, está tudo muito bem resolvido. Alfred explicará os detalhes exatos após o almoço. Podemos entrar?

Eles entraram na casa. Poirot entrou por último. Estava com a expressão séria.

III

O almoço acabou.

— Pode vir ao meu escritório? — perguntou Alfred a Pilar ao saírem da sala de jantar. — Há um assunto que quero tratar com você.

Ele a conduziu pelo saguão até seu escritório e fechou a porta ao passar. Os outros passaram à sala de estar. Apenas Hercule Poirot continuou no saguão, olhando pensativo para a porta do escritório fechada.

De repente, ele percebeu o velho mordomo pairando sobre sua pessoa, inquieto.

— Sim, Tressilian, o que há?

O idoso parecia perturbado.

— Queria falar com Mr. Lee. Mas não quero incomodá-lo agora.

— Aconteceu algo?

— Uma situação esquisita. Não faz sentido.

— Diga-me.

Tressilian hesitou.

— Bom, é o seguinte. O senhor deve ter notado que de cada lado da porta de entrada havia uma bala de canhão. Pesadas, de pedra. Bom, senhor... *uma delas sumiu.*

As sobrancelhas de Hercule Poirot ergueram-se.

— Desde quando?

— Ambas estavam lá pela manhã, senhor. Posso jurar.

— Deixe-me ver.

Juntos, eles saíram pela porta da frente. Poirot curvou-se e examinou a bala de canhão restante. Quando se aprumou, seu rosto estava muito sério.

Tressilian tremeu.

— Quem iria roubar algo assim, senhor? Não faz *sentido*.

— Não estou gostando. Não estou gostando nada...

Tressilian o observava com nervosismo.

— O que ocorre com esta casa, senhor? Desde que o amo foi assassinado não parece o lugar de sempre. Passo o tempo todo sentindo que estou num sonho. Misturo as coisas e às vezes sinto que não posso confiar nos meus próprios olhos.

Hercule Poirot fez que não.

— O senhor se engana. É justamente nos seus olhos que mais devia confiar.

— Minha visão está fraca... não consigo enxergar como antes. Misturo as coisas... as pessoas. Estou ficando muito velho para o serviço.

Hercule Poirot lhe deu um tapa no ombro.

— Coragem.

— Obrigado, senhor. Sei que fala com toda a educação. Mas é isto, estou velho demais. Sempre os vejo como rapazes e damas jovens. Desde aquela noite em que Mr. Harry voltou para casa...

Poirot assentiu.

— Sim — disse ele — foi o que pensei. O senhor acabou de falar "Desde que o amo foi assassinado"... Mas começou antes. *É desde que Mr. Harry veio para casa*, não é? Que as coisas se alteraram e parecem surreais, não?

— O senhor tem toda razão. Foi naquele momento. Mr. Harry sempre trouxe problemas para a casa, mesmo nos velhos tempos.

Seus olhos voltaram ao local onde deveria estar a bala de canhão.

— Quem pode ter levado, senhor? E por quê? Parece... uma casa de loucos.

— Não é da loucura que eu tenho medo. É da sanidade! Alguém, Tressilian, está correndo grande perigo.

Ele virou-se e entrou na casa de novo.

Naquele instante, Pilar saiu do escritório. Uma mancha vermelha brilhava em cada bochecha. Ela manteve a cabeça alta e os olhos cintilaram.

Conforme Poirot se aproximou dela, de repente ela bateu o pé e disse:

— Não vou aceitar.

Poirot ergueu as sobrancelhas.

— O que não vai aceitar, *mademoiselle*?

— Alfred acabou de me contar que vou ficar com a parte da minha mãe do dinheiro que meu avô deixou.

— Então?

— Eu não conseguiria o dinheiro por lei, ele explicou. Mas ele, Lydia e os outros pensam que deveria ser meu. Dizem que é uma questão de justiça. E por isso vão me repassar.

— Então?

Pilar bateu mais um pé.

— Não entendeu? Eles vão me dar... vão me *dar dinheiro*.

— E isso fere seu orgulho? Pois o que eles dizem é verdade... que, pela justiça, o dinheiro deveria ser seu.

— O senhor não entende...

— Pelo contrário... entendo muito bem.

— Ah! — Ela se virou, irritada.

Ouviu-se o soar da campainha. Poirot olhou por cima do ombro. Viu a silhueta do superintendente do outro lado da porta. Falou a Pilar:

— Aonde vai?

— À sala de estar. Com os outros.

— Ótimo. Fique com eles. Não fique vagando pela casa sozinha, principalmente à noite. Fique atenta. A senhorita corre muito risco, *mademoiselle*. Nunca correrá mais risco do que hoje.

Ele deu as costas à moça e foi falar com Sugden, que esperou até Tressilian voltar à despensa. Então enfiou um cabograma sob o nariz de Poirot.

— Agora sim! Leia. É da polícia da África do Sul.

O cabograma dizia: "*O único filho de Ebenezer Farr faleceu há dois anos.*"

— Agora sabemos! — disse Sugden. — Curioso... eu ia por um caminho totalmente distinto...

IV

Pilar entrou em marcha na sala de estar, de cabeça erguida.

Ela foi direto até Lydia, que estava sentada à janela, tricotando.

— Lydia, eu vim lhe dizer que não vou aceitar o dinheiro. Vou embora... de vez.

Lydia ficou chocada. Ela baixou as agulhas.

— Minha criança, Alfred deve ter explicado tudo errado! Não é uma questão de caridade, se é o que pensa. Na verdade, não é questão de bondade ou generosidade da nossa parte. É apenas questão de certo e errado. Seria o rumo esperado sua mãe herdar esta quantia e você receber dela. É seu direito... seu direito de sangue. Não é uma questão de caridade, mas de *justiça*!

— E é por isso que não posso... não quando você fala assim... não quando vocês agem assim! Gostei de ter vindo aqui. Foi divertido! Foi como uma aventura, mas vocês estragaram tudo! Vou embora de uma vez... Vocês nunca mais se incomodarão comigo...

Lágrimas embargaram sua voz. Ela se virou e correu da sala, às cegas.

Lydia ficou olhando.

— Eu não tinha ideia de que você entenderia desta forma!

— A criança parece muito chateada — comentou Hilda.

George soltou um pigarro e disse, portentosamente:

— Hã... como ressaltei esta manhã... O princípio está errado. Pilar tem perspicácia para entender. Ela recusa-se a aceitar caridade...

— *Não é* caridade. É o direito dela!

— Parece que não é o que ela pensa!

Sugden e Poirot entraram. Sugden olhou em volta e perguntou:

— Onde está Mr. Farr? Quero ter uma palavrinha com ele.

Antes que alguém tivesse tempo para responder, Hercule Poirot falou ríspido:

— Onde está *señorita* Estravados?

— Vai embora, pelo que disse — respondeu George com um vestígio de satisfação maliciosa. — Parece que cansou dos parentes ingleses.

Poirot deu meia-volta.

— Venha! — disse a Sugden.

Conforme os dois emergiram no saguão, ouviu-se o som de um estrondo e um grito distante.

— Rápido! Venha! — ordenou Poirot.

Eles correram pelo saguão e subiram a escadaria. A porta do quarto de Pilar estava aberta e havia um homem na porta. Ele virou a cabeça enquanto eles corriam para cima. Era Stephen Farr.

— Ela está viva...

Pilar estava agachada contra a parede do quarto. Ela olhava para o piso, onde jazia uma grande bala de canhão.

— Estava no alto da minha porta, equilibrada. Teria esmagado minha cabeça quando entrei, mas minha saia ficou presa em um prego e me puxou para trás quando eu ia entrar — explicou ela, sem fôlego.

Poirot se ajoelhou e examinou o prego. Nele se via um fio de tecido roxo. Ele olhou para cima e mexeu a cabeça, em tom sério.

— Este prego, *mademoiselle*, salvou sua vida.

— Mas qual é o sentido do que aconteceu? — perguntou o superintendente.

— Alguém tentou me matar! — concluiu Pilar.

Ela fez que sim várias vezes.

Sugden olhou por cima da porta.

— Uma armadilha — ele disse. — Uma armadilha à moda antiga... com o fim de matar! É o segundo assassinato premeditado nesta casa. Mas desta vez não deu certo!

— Graças a Deus você está segura — falou Stephen solenemente.

Pilar estendeu as mãos em um gesto amplo.

— *Madre de Dios*! Por que alguém iria querer me matar? O que eu fiz?

— O que deveria perguntar, *mademoiselle*, é: o que eu sei?

Ela ficou o encarando.

— Sei? Eu não sei de nada.

— É aí que se engana. Diga-me, *mademoiselle* Pilar, onde estava no momento do assassinato? Não era neste quarto.

— Estava, sim. Já lhe disse!

— Sim, mas não estava dizendo a verdade quando me respondeu — apontou Sugden, com brandura enganadora. — A *señorita* nos disse que ouviu seu avô gritar... e não teria como ter ouvido se estivesse aqui. Mr. Poirot e eu fizemos esse teste ontem.

Pilar prendeu a respiração.

— A senhorita estava bem perto do quarto — disse Poirot. — Eu lhe direi onde acho que a *mademoiselle* estava. No vão entre as estátuas, bem perto da porta de seu avô.

— Oh... como o senhor sabe? — perguntou Pilar, assustada.

— Mr. Farr a viu.

— Não vi. Que mentira absurda! — disse Stephen, indignado.

— Peço perdão, Mr. Farr, mas o senhor a *viu*. Lembre-se da sua impressão de que havia *três* estátuas naquele vão, não *duas*. Apenas uma pessoa vestia um vestido branco naquela noite, e era *mademoiselle* Estravados — explicou Poirot. — *Ela* era a terceira estátua que o senhor viu. Não era, *mademoiselle*?

— Sim, é verdade.

— Então nos diga, *mademoiselle*, toda a verdade. *Por que* estava lá?

— Saí da sala de estar após o jantar e pensei em falar com meu avô. Achei que ele ficaria contente. Mas, quando entrei na passagem, vi outra pessoa na porta. Eu não queria ser vista porque sabia que meu avô havia dito que não queria ver ninguém naquela noite. Entrei no vão para o caso de a pessoa na porta voltar. Então, de repente, ouvi sons dos mais tenebrosos: mesas... cadeiras... — Ela mexeu as mãos. — Tudo caindo, estatelando-se. Não me mexi. Não sei por quê. Fiquei assustada. E então um grito terrível — ela se abraçou — e meu coração parou de bater. Eu falei: "*Alguém morreu...*"

— E depois?

— Depois vi pessoas vindo correndo pela passagem, saí e os encontrei.

— A senhorita não falou nada disso no primeiro interrogatório. Por que não? — falou Sugden, com aspereza.

Pilar fez que não.

— Não faz bem contar muito à polícia. Eu pensei, vejam bem, que se eu estivesse próxima, os senhores achariam que *eu* teria cometido o assassinato. Então disse que estava no meu quarto.

— Se a senhorita conta mentiras propositalmente, está fadada a ficar sob suspeita — observou asperamente Sugden.

— Pilar? — chamou Stephen.

— Sim?

— *Quem* você viu parado na porta quando se virou na passagem? Diga-nos.

— Sim, diga — ordenou Sugden.

Por um instante, a moça hesitou. Os olhos dela se abriram, depois se estreitaram.

— Não sei quem era. Estava pouco iluminado para enxergar. *Mas era uma mulher...*

V

Sugden olhou para o círculo de rostos a sua volta.

— Isto foge demais do padrão, Mr. Poirot — disse ele, com algo mais próximo da irritação do que jamais havia demonstrado.

— É uma pequena ideia que tive. Quero compartilhar com todos o conhecimento que adquiri. Por isso quero convidá-los à cooperação e assim chegaremos à verdade.

— É um circo.

Ele recostou-se na poltrona.

— Para começar, creio que todos têm uma explicação a pedir de Mr. Farr — comentou Poirot.

A boca de Sugden contraiu-se.

— Eu deveria ter escolhido um momento menos público. Contudo, não faço objeção. — Ele entregou o cabograma a Stephen Farr. — Então, Mr. *Farr,* como o senhor diz se chamar, talvez possa explicar *isto*?

Stephen Farr tomou o papel. Erguendo as sobrancelhas, ele o leu devagar e em voz alta. Então, fazendo uma mesura, devolveu ao superintendente.

— Sim... bem comprometedor, não é?

— É tudo que tem a dizer? — disse Sugden. — O senhor entende que não tem obrigação de declarar nada...

— Não precisava me alertar, superintendente — interrompeu-o Stephen. — Vejo que está tremulando na sua língua! Sim, eu lhe darei uma explicação. Não é muito boa, mas é a verdade.

Ele fez uma pausa. Aí começou a falar:

— Não sou filho de Ebenezer Farr. Mas conheci muito bem pai e filho. Agora tentem se colocar no meu lugar. Meu nome é Stephen Grant, a propósito. Cheguei nesse país pela primeira vez na vida. Estava decepcionado. Tudo e todos pareciam monótonos e sem vida. Então, estava viajando de trem e vi uma moça. Preciso falar de forma direta: me apaixonei por ela! Era a coisa mais adorada e mais improvável neste mundo! Conversamos algum tempo no trem e naquele instante decidi que não a perderia de vista. Quando estava saindo do compartimento, percebi a etiqueta que ela tinha na mala. Seu nome não me dizia nada, mas o endereço ao qual ela se dirigia, sim. Eu havia ouvido falar de Gorston Hall e sabia do seu proprietário, que havia sido sócio de Ebenezer Farr. O velho Eb costumava falar dele e da personalidade que tinha. Então, me surgiu a ideia de ir a Gorston Hall e me passar pelo filho de Eb. Ele havia morrido, como diz este cabograma, há dois anos, mas eu me lembrava do velho Eb dizer que não tinha notícias de Simeon Lee havia anos, e julguei que Lee não saberia da morte do filho de Eb. Enfim, achei que valia a tentativa.

— Mas você não tentou de uma vez — disse Sugden. — Ficou no King's Arms, em Addlesfield, durante dois dias.

— Eu estava repensando... se tentaria ou não. Enfim decidi vir. Era algo que me atraía, como uma espécie de aventura. Bom, funcionou como mágica! O velho me saudou da maneira mais simpática e me pediu para ficar na casa. Aceitei. E aí está, superintendente, eis minha explicação. Se não gosta, faça sua mente voltar aos dias de galanteio e veja se não se recorda de alguma tolice que se permitiu naqueles tempos. Quanto a meu nome real, como eu disse, é Stephen Grant. Podem mandar um cabo para a África do Sul e conferir, mas já lhes digo: vão descobrir que sou um cidadão de pleno respeito. Não sou vigarista nem ladrão de joias.

— Nunca pensei que fosse — comentou Poirot.

Sugden coçou o queixo, cauteloso.

— Terei que conferir essa história. O que eu gostaria de saber é o seguinte: por que não se entregou após o assassinato, em vez de nos contar tantas mentiras?

— Porque fui um tolo! Achei que podia me safar! Achei que ia parecer suspeito se admitisse que estou aqui com nome falso. Se não fosse um idiota absoluto, eu teria me dado conta de que vocês iriam mandar um cabograma a Johanesburgo.

— Bom, Mr. Farr... hã... Grant... não vou dizer que tiro o crédito da sua história. Ela será provada ou refutada no devido tempo.

Ele olhou para Poirot, inquisitivo.

— Creio que Miss Estravados tem algo a dizer — comentou Poirot.

Pilar estava muito pálida.

— É verdade. Eu nunca teria lhe dito, não fosse por Lydia e o dinheiro. Vir aqui e fingir e mentir, me passar... foi divertido, mas quando Lydia disse que o dinheiro seria meu e que era apenas justo, foi diferente. Deixou de ser divertido.

— Não entendo, minha cara — disse Alfred, intrigado. — Do que está falando?

— Pensa que sou sua sobrinha, Pilar Estravados? Pois não é verdade! Pilar morreu quando eu estava viajando com ela, num carro na Espanha. Uma bomba veio na nossa direção, atingiu o carro e ela foi morta, mas eu saí ilesa. Eu não a conhecia muito bem, mas ela havia me contado tudo de si, que o avô havia mandado buscá-la e que era um homem muito rico. E eu não tinha dinheiro nenhum e não sabia para onde ir nem o que fazer. E pensei, de repente: "Por que não pego o passaporte de Pilar e vou à Inglaterra para ficar rica?" — Seu rosto se iluminou com um sorriso repentino. — Ah, foi divertido pensar se eu conseguiria me safar! Nossos rostos nas fotografias não eram tão distintos. Mas, quando quiseram meu passaporte aqui, eu abri a janela, joguei pela janela e corri para pegar. Depois passei um pouco de terra por cima do rosto, só um pouco, porque num posto de alfândega eles não olham com tanta atenção. Mas aqui, quem sabe...

— Está querendo dizer que se apresentou ao meu pai como neta e brincou com seu afeto?

Pilar assentiu.

— Sim, vi de imediato que podia fazê-lo gostar muito de mim.

— É um absurdo! — irrompeu George. — Criminosa! Tentando extorquir dinheiro com falsidade.

— Ela não extorquiu nada de *você,* meu velho! Pilar, estou do seu lado! Tenho profunda admiração pela sua ousadia. E, graças aos céus, não sou mais seu tio! Isso me dá muito mais liberdade.

— *O senhor* sabia? Quando soube? — perguntou ela a Poirot.

— *Mademoiselle*, se já estudou as leis de Mendel, saberia que são poucas as chances de pessoas de olhos azuis terem filhos de olhos castanhos. Sua mãe, tenho certeza, era uma dama muito casta e digna. Daí decorreu, portanto, que a senhorita não poderia ser Pilar Estravados. Tive certeza quando fez seu truque com o passaporte. Foi inteligente, mas, veja bem, não inteligente o bastante.

— Nada foi inteligente o bastante — observou Sugden.

Pilar o fitou.

— Não entendi...

— A senhorita nos contou uma história... mas creio que há muito mais que não contou.

— Deixe-a em paz! — pediu Stephen.

Sugden não lhe deu atenção. Ele prosseguiu:

— A senhorita nos disse que foi ao quarto de seu avô depois do jantar. Disse que foi impulsivo da sua parte. Pois vou sugerir outra opção. Foi a senhorita que roubou aqueles diamantes. A senhorita tocou neles. Dada a oportunidade, tirou-as do cofre sem que o velho notasse! Quando descobriu que as pedras não estavam lá, ele soube de imediato que só duas pessoas poderiam tê-las tirado. Uma era Horbury, que podia saber a combinação, ter entrado e roubado durante a noite. A outra pessoa era *a senhorita.*

"Bom, Mr. Lee tomou medidas de proteção. Ele telefonou e me chamou para conversar. Então, mandou chamar a senhorita para conversar imediatamente depois do jantar. A senhorita veio e ele a acusou do roubo. A senhorita negou e ele insistiu com a acusação. Não sei o que aconteceu a seguir... talvez ele tenha se dado conta do fato de que a senhorita não era a neta verdadeira, mas sim uma ladrazinha profissional muito esperta. Enfim, o jogo tinha acabado, o medo da revelação pairava e a senhorita o atacou com uma faca. Houve uma altercação, ele gritou. A senhorita estava em uma situação complicada. Saiu correndo do quarto, girou a chave por fora e, sabendo que não podia fugir, antes de os outros virem, *a senhorita se encaixou no vão entre as estátuas.*"

— Não é verdade! Não é verdade! — gritou Pilar. — Não roubei os diamantes! Não o matei. Juro pela Virgem Santa.

— Então quem foi? A senhorita diz que viu uma silhueta à porta de Mr. Lee. Segundo sua história, esta pessoa seria o assassino. Ninguém mais passou pelo vão! Mas temos apenas a sua palavra de que havia alguém ali. Em outras palavras, a senhorita inventou esta história para livrar-se da culpa!

— É óbvio que ela é a culpada! Está evidente! — acusou George. — Eu *sempre disse* que alguém de fora matou meu pai! É um absurdo ridículo fingir que alguém da família faria uma coisa dessas! Não... não seria natural!

Poirot se remexeu no assento.

— Eu discordo. Levando em consideração o caráter de Simeon Lee, seria algo muito natural de acontecer.

— Hã? — O queixo de George caiu. Ele ficou olhando para Poirot.

— E, na minha opinião, foi o que *aconteceu*. Simeon Lee foi assassinado por sangue do seu sangue, o que o assassino considerou ótimo motivo.

— Um de nós! Eu nego... — berrou George.

A voz de Poirot irrompeu, dura como o aço.

— Há possibilidades de acusação contra cada pessoa aqui. Vamos começar, Mr. George Lee, pelas evidências contra o *senhor*. O *senhor* não tinha amor algum pelo seu pai! Apenas o tolerava pelo dinheiro. No dia da morte, *ele ameaçou cor-*

tar sua mesada. O senhor sabia que, com a morte dele, provavelmente herdaria uma soma substanciosa. Aí está o motivo. Depois do jantar, o senhor foi, como disse, ao telefone. E *de fato* telefonou, mas a ligação durou apenas *cinco minutos*. Depois disso, o senhor poderia facilmente ter ido ao quarto de seu pai, conversado com ele, atacado-o e o matado. O senhor saiu do quarto e girou a chave por fora, pois esperava que o assassinato fosse atribuído a um ladrão. Esqueceu, no pânico, de garantir que a janela estivesse aberta para sustentar a teoria do ladrão. Foi uma burrice, mas o senhor, se me permite dizer, é um homem muito burro!

Depois de uma breve pausa durante a qual George tentou falar sem sucesso, Poirot prosseguiu:

— Contudo, muitos burros já cometeram crimes!

Ele voltou os olhos para Magdalene.

— A madame também teria motivação. Ela, creio eu, contraiu dívidas e o tom de certos comentários do sogro podem... tê-la deixado inquieta. Ela também não tem álibi. Foi ao telefone, mas *não* telefonou, e temos *apenas* sua palavra quanto ao que fez...

Ele fez uma pausa.

— A seguir, temos Mr. David Lee. Ouvimos, não uma, mas muitas vezes, a respeito do temperamento vingativo e das memórias extensas que acompanham o sangue Lee. Mr. David Lee não perdoava nem esquecia o modo como o pai havia tratado a mãe. A última zombaria dirigida à falecida pode ter sido o estopim. Diz-se que David Lee estava tocando o piano na hora do assassinato. Por coincidência, tocava a "Marcha fúnebre". Mas e se *outra pessoa* estivesse tocando a "Marcha fúnebre", alguém que soubesse que ele ia tocar e que aprovava essa atitude?

— Esta sugestão é infame — alegou Hilda.

Poirot se virou para ela.

— Pois vou lhe oferecer outra, madame. Que a *sua* mão é que teria cometido o ato. Que a *senhora* teria subido para executar a sentença de um homem que considerava muito além do perdão como ser humano. A senhora, madame, é destas que pode se enraivecer de forma temível...

— Eu não o matei.

— Mr. Poirot tem razão — comentou Sugden. — Podem-se acusar todos, exceto Mr. Alfred Lee, Mr. Harry Lee e Mrs. Alfred Lee.

— Eu não descartaria nem esses três...

— Ora, mas que coisa é essa, Mr. Poirot!

— E qual é a suspeita contra mim, *monsieur* Poirot? — indagou Lydia.

Com as sobrancelhas erguidas de deboche, ela sorriu um pouco enquanto falava

Poirot se curvou.

— Quanto a sua motivação, madame, passo por alto. Ela é bastante óbvia. Quanto ao restante, a senhora, na noite passada, trajava um vestido florido de tafetá com uma estampa particular e capa. Eu a lembro do fato de Tressilian, o mordomo, ser míope. Objetos à distância lhe parecem turvos e vagos. Também ressalto que sua sala de estar é grande e iluminada por luminárias fortemente sombreadas. Naquela noite, um minuto ou dois antes de se ouvirem os gritos, Tressilian entrou na sala de estar para levar as xícaras de café. Ele viu a senhora, *ou assim pensou*, com postura familiar à janela oposta, quase ocultada pelas cortinas grossas.

— Sim, ele me viu.

— Sugiro a possibilidade de que *o que* Tressilian viu foi a capa de seu vestido, disposta de modo a aparecer, pela cortina da janela, como se a senhora é que estivesse ali.

— Mas eu estava...

— Como se atreve a sugerir...? — perguntou Alfred.

— Deixe-o prosseguir, Alfred — interrompeu Harry. — A seguir somos nós. Como sugere que o caro Alfred matou nosso amado pai, já que estávamos os dois juntos na sala de jantar no momento do assassinato?

Poirot sorriu para ele.

— Isso é muito simples. Um álibi ganha força quando é dado a contragosto. O senhor e seu irmão não estavam muito felizes um com o outro. Isso já se sabe. O *senhor* zomba *dele* em público. *Ele* não tem uma palavra de bem a dizer *pelo senhor*! Mas *suponhamos que tudo faça parte de uma trama muito bem arquitetada.* Suponhamos que Alfred Lee esteja cansado de dançar conforme a música do seu amo. Suponhamos que o senhor e ele tenham se reunido há algum tempo. O plano foi traçado. Os senhores vieram para cá. Alfred aparenta ressentimento com sua presença. Ele demonstra ciúme e desprezo pelo senhor. O senhor demonstra desprezo por ele. E então chega a noite do assassinato, que vocês planejaram de forma tão sagaz. Um de vocês continua na sala de jantar, conversando e talvez brigando em voz alta como os dois durões que são. *O outro sobe e comete o crime*...

Alfred saltou da cadeira.

— Seu diabo! — A voz de Alfred saiu desarticulada.

Sugden estava olhando para Poirot.

— O senhor quer mesmo dizer que...

Poirot disse, com um repentino tom de autoridade na voz:

— Eu tinha que lhes mostrar as *possibilidades*! São coisas que *podem* ter acontecido! Qual delas aconteceu *de fato* só podemos dizer passando da aparência externa para a realidade interna... — Ele fez uma pausa, depois falou devagar: — Temos que voltar, como eu disse antes, ao caráter do próprio Simeon Lee...

VI

Houve uma pausa momentânea. Estranhamente, toda indignação e todo rancor haviam arrefecido. Hercule Poirot mantinha seu público sob o feitiço de sua personalidade. Eles o observavam, fascinados, e ele começou a falar, lentamente:

— Está tudo aí, como veem. O falecido é foco e centro do mistério! Temos que sondar a fundo o coração e a mente de Simeon Lee e ver o que encontramos. Pois um homem não vive e morre apenas para si. Aquilo que ele tem, ele entrega... aos que vêm depois de si.

"O que tinha Simeon Lee para legar a seus filhos e filha? O orgulho, para começo de conversa. Um orgulho que, naquele senhor, se frustrou na decepção com os filhos. Depois, temos a qualidade da paciência. Foi-nos informado que Simeon Lee aguardou pacientemente, durante anos, para se vingar de alguém que havia lhe feito uma injúria. Vemos que esse aspecto do seu temperamento foi herdado pelo filho que menos o lembrava de rosto. David Lee também lembrava e continuou a nutrir ressentimento por vários anos. *De rosto*, Harry Lee era o único dos filhos que se parecia com o pai. Essa semelhança é marcante quando examinamos o retrato de Simeon Lee quando jovem. Temos o mesmo nariz aquilino de ponte alta, a linha afiada e comprida do queixo, a postura reclinada da cabeça. Creio, também, que Harry herdou muitos dos maneirismos do pai — o hábito, por exemplo, de jogar a cabeça para trás e rir, assim como o de passar o dedo pela linha do queixo.

"Tendo todos esses aspectos em mente, e convencido de que o assassinato foi cometido por uma pessoa próxima ao falecido, analisei a família do ponto de vista psicológico. Ou seja, tentei decidir quais deles eram *criminosos psicologicamente viáveis*. E, a meu juízo, apenas duas pessoas se qualificavam nesse aspecto. Alfred Lee e Hilda Lee, a esposa de David. David eu excluí como assassino. Não creio que uma pessoa de suas sensibilidades delicadas poderia encarar o derramamento de sangue real de uma degola. George Lee e a esposa, do mesmo modo, excluí. Sejam quais forem suas vontades, não acho que tinham temperamento para correr esse *risco*. Os dois são cautelosos por essência. Tenho certeza de que Mrs. Alfred Lee seria praticamente incapaz de um ato de violência. Ela tem muita ironia na sua natureza. Quanto a Harry Lee, hesitei. Ele tinha um aspecto de certa truculência, mas eu tinha quase certeza de que, apesar da possibilidade de blefe e da fanfarronice, era essencialmente um fracote. Agora sei que essa também era a opinião do pai. Harry, ele disse, não valia mais do que o resto. Isso me deixou com duas pessoas que já mencionei. Alfred Lee era uma pessoa apta a boa dose de dedicação e altruísmo. Era um homem que havia sido controlado e se subordinado à vontade de outro durante vários anos. Sob essas condições, sempre há a possibilidade de que algo saia dos trilhos. No mais, ele talvez possa ter nutrido um rancor secreto contra o pai, que, por nunca ter sido expressado, pode ter crescido com o tempo. São os mais quietos e mansos que costumam ser aptos à violência mais repentina e inesperada. Pelo motivo de que, quando perdem o controle, perdem por inteiro! A outra pessoa que considerei capaz do crime é Hilda Lee. Ela é o tipo de indivíduo que é capaz, em ocasiões, de tomar a lei nas próprias mãos... embora nunca por motivos egoístas. Esse tipo de pessoa julga e também executa. Muitos personagens do Antigo Testamento são desse tipo. Jael e Judite, por exemplo.

"Assim, depois de ter chegado tão longe, pude examinar as circunstâncias do crime em si. E a primeira coisa que se revela... que se mostra como um soco na cara, por assim dizer, são as condições extraordinárias sob as quais o crime se deu! Desloquem suas mentes àquele quarto onde Simeon Lee jazia morto. Caso se lembrem, havia tanto uma mesa pesada quanto uma poltrona pesada caídas, assim como um abajur, porcelanas, copos etc. Mas a poltrona e a mesa me surpreenderam em especial. Eram de mogno maciço. Era difícil entender como *qualquer* altercação entre aquele senhor frágil e seu oponente pudesse resultar em tanta mobília maciça virada e derrubada. A coisa toda parecia *irreal*. Ainda assim, ninguém de bom senso iria armar tal efeito se não houvesse ocorrido de fato... a não ser que Simeon Lee, possivelmente, houvesse sido morto por um homem muito forte e a ideia fosse sugerir que o assassino era uma mulher ou alguém de físico débil.

"Mas essa ideia não me convencia de forma alguma, dado que o barulho da mobília soaria o alarme e o assassino teria pouquíssimo tempo para escapar. Certamente seria vantagem para *qualquer pessoa* degolar Simeon Lee da forma mais *silenciosa* possível.

"Outro aspecto extraordinário foi o girar da chave na fechadura pelo lado de fora. Mais uma vez, parecia não haver *motivo* para algo assim. Não poderia sugerir suicídio, já que nada na morte em si estava de acordo com suicídio. Não seria para sugerir fuga pelas janelas — pois as janelas estavam dispostas de modo que a fuga seria impossível! No mais, de novo, envolvia *tempo*. Tempo que *devia* ser precioso para o assassino!

"Havia outra questão incompreensível: um pedaço de borracha que foi cortado da *nécessaire* de Simeon Lee e um pino de madeira que me foi mostrado pelo Superintendente Sugden. Eles haviam sido recolhidos do chão por uma das primeiras pessoas a entrar no quarto. Novamente... *essas coisas não faziam sentido*! Não significavam nada! Mas todas estavam lá.

"O crime, como percebem, fica cada vez mais incompreensível. Não tem ordem, não tem método... *enfin*, não *faz sentido*.

"E agora chegamos a outra dificuldade. Sugden foi convocado pelo falecido, um furto lhe foi informado, e ele foi convidado a voltar uma hora e meia depois. *Por quê?* Se Simeon Lee suspeitava da neta ou de outro familiar, por que não pediu ao superintendente para esperar no andar de baixo enquanto ele conduzia seu interrogatório diretamente com a parte suspeita? Com o superintendente na casa, sua vantagem diante do culpado teria sido muito maior.

"E agora chegamos ao ponto onde não apenas o comportamento do assassino é extraordinário, mas o comportamento de Simeon Lee também é extraordinário!

"E então digo para mim mesmo: 'Está tudo errado!' Por quê? Porque estamos observando *pelo ângulo errado*. Estamos olhando do *ângulo que o assassino quer que vejamos*...

"Temos três coisas que não fazem sentido: a disputa, a chave virada e o fragmento de borracha. Mas *deve* haver alguma maneira de olhar essas três coisas que *faça* sentido! Então esvaziei a mente, esqueci as circunstâncias do crime e analisei essas coisas pelos *próprios méritos*. Uma *altercação*, é o que digo. O que *isso* sugere? Violência... ruptura... ruído... A *chave*? *Por que* alguém gira uma chave? Para que ninguém mais entre? Mas a chave não impediu, já que a porta foi arrombada quase de imediato. Para *prender* alguém do lado de dentro? Para deixar alguém do lado de *fora?* Um pedacinho de borracha? Digo a mim mesmo: 'Um pedacinho de *nécessaire* é um pedacinho de *nécessaire* e nada mais!'

"Não é nada, vocês diriam... e isso não é exatamente verdade, pois restam três detalhes: o barulho, o isolamento e o vazio...

"Eles se encaixam em alguma das minhas duas possibilidades? Não, não se encaixam. Tanto para Alfred Lee quanto para Hilda Lee, um assassinato *silencioso* teria sido infinitamente preferível, perder tempo em trancar a porta pelo lado de fora é absurdo, e o pedacinho de *nécessaire* significa, mais uma vez... absolutamente nada!

"Ainda assim, tenho a forte sensação de que não há nada de absurdo neste crime... É o inverso, ele foi muito bem planejado e executado de forma admirável. Ou seja, na verdade, *deu certo*! Já que tudo que aconteceu era para *ter acontecido*...

"E então, ao repassá-lo mais uma vez, tive um vislumbre da luz...

"Sangue... *tanto sangue*... sangue por todo lado... A insistência no sangue... sangue fresco, úmido, reluzente... Tanto sangue... *sangue demais*...

"E uma segunda ideia chegou com essa. É um crime de *sangue*... que está *no sangue. É o próprio sangue de Simeon Lee que se volta contra ele*..."

Hercule Poirot se curvou para a frente.

— As duas pistas mais valiosas neste caso foram proferidas de forma deveras inconsciente por duas pessoas. A primeira foi quando Mrs. Alfred Lee citou uma fala de *Macbeth*: "*Quem diria que o velho tinha tanto sangue em si?*" A outra foi uma frase proferida por Tressilian, o mordomo. Ele descreveu como se sentia atordoado e que as coisas pareciam acontecer de uma maneira que já haviam acontecido. Foi uma ocorrência muito simples que lhe deu essa sensação estranha. Ele ouviu um trinado na campainha, foi abrir a porta para Harry Lee, e no dia seguinte fez o mesmo para Stephen Farr.

"Então *por que* ele teve essa sensação? É só olhar para Harry Lee e Stephen Farr para entender *por quê*. Eles são espantosamente parecidos! Foi *por isso* que *abrir a porta para Stephen Farr foi exatamente como abrir a porta para Harry Lee*. Poderia ter sido quase o mesmo homem na porta. E então, hoje mesmo, Tressilian comentou que sempre se confundia com as pessoas. Não é à toa! Stephen Farr tem um nariz alto, o hábito de jogar a cabeça para trás quando ri e o artifício de coçar o queixo com o indicador. Olhem com atenção e com sinceridade o retrato de Simeon Lee quando jovem e verão *não apenas Harry Lee, mas Stephen Farr*..."

Stephen se remexeu. Sua cadeira rangeu.

— Lembrem-se do desabafo de Simeon Lee, sua invectiva contra toda a família. Ele disse, e vocês vão lembrar, que ele podia jurar que tinha filhos melhores *nascidos do lado de lá da cerca*. Voltamos ao caráter de Simeon Lee. Simeon Lee, que teve sucesso com as mulheres e que partiu o coração da esposa! Simeon Lee, que se gabou a Pilar que podia ter um pelotão de filhos, quase todos da mesma idade! Logo, cheguei à conclusão: Simeon Lee tinha não apenas sua família legítima na casa, *mas um filho não assumido e bastardo de seu próprio sangue*.

Stephen se pôs de pé.

— Esse foi seu motivo real, não foi? Não aquele belo romance com a moça que o senhor conheceu no trem! O senhor estava vindo para cá *antes* de conhecê-la. Veio para saber *que tipo de homem seu pai era*...

Stephen estava pálido. Ele disse, e sua voz saiu falhada e rouca:

— Sim, sempre me perguntei... Mamãe falava dele às vezes. Virou uma espécie de obsessão para mim: saber como ele era! Consegui algum dinheiro e vim para a Inglaterra. Eu não ia deixar que ele soubesse quem eu era. Fingi ser o filho do velho Eb. Vim aqui por apenas um motivo: ver o homem que era meu pai...

— Senhor, como fui cego... — comentou Sugden, quase sussurrando. — Agora enxergo tudo. Duas vezes que o confundi com Mr. Harry Lee e depois me corrigi, e ainda sim nunca cogitei!

Ele se virou para Pilar.

— Foi isso, não foi? Foi Stephen Farr que a senhorita viu na frente daquela porta? A senhorita hesitou, pelo que lembro, e olhou para ele antes de dizer que era uma mulher. Foi Farr quem a senhorita viu antes de dizer que era uma mulher. Foi Farr que a senhorita viu *e não quis entregar*.

Houve uma leve agitação.

— Não — disse Hilda. — O senhor se engana. Fui *eu* que Pilar viu...

— A madame? Sim, foi o que pensei...

— A autopreservação é algo curioso — disse Hilda, baixinho. — Eu não acreditaria que poderia ser tão covarde. Que ficaria em silêncio por medo!

— Agora vai nos contar? — perguntou Poirot.

Ela assentiu.

— Eu estava com David na sala de música. Ele estava tocando, com um humor muito esquisito. Fiquei um pouco assustada e senti minha responsabilidade muito aguçada, porque havia sido eu que insistira que ele viesse. David começou a tocar a "Marcha fúnebre", e de repente me decidi. Por mais estranho que possa ter parecido, decidi que iríamos embora de uma vez. Naquela mesma noite. Saí em silêncio da sala de música e subi. Eu ia falar com o velho Mr. Lee e lhe dizer o motivo doloroso pelo qual estávamos indo embora. Segui o corredor até o quarto e bati à porta. Não houve resposta. Bati de novo, um pouco mais forte. Ainda nada de resposta. Depois tentei a maçaneta. A porta estava trancada. E então, conforme parei em frente à porta, hesitante, *ouvi um som dentro do quarto*...

Ela parou.

— O senhor não vai acreditar, mas é verdade! *Alguém estava lá dentro*, atacando Mr. Lee. Ouvi mesas e poltronas viradas e o estrondo de vidro e porcelana, e depois ouvi um último grito, terrível, que foi morrendo até virar nada... depois, silêncio.

"Fiquei lá, paralisada! Não conseguia me mexer! Então, Mr. Farr veio correndo, depois Magdalene e todos os demais, e Mr. Farr e Harry começaram a bater à porta. Ela caiu e vimos o quarto, *e não havia ninguém*... afora Mr. Lee caído, morto, e todo aquele sangue."

Sua voz calma se elevou.

— *Não havia ninguém!* — gritou ela. — *Ninguém*, o senhor entendeu? E *ninguém saiu do quarto*...

VII

Sugden inspirou fundo.

— Ou estou ficando louco ou todos os outros estão loucos! O que a senhora disse, Mrs. Lee, é impossível. É loucura! — disse ele.

— Estou dizendo que ouvi uma briga lá dentro e ouvi o velho gritar quando o degolaram... e não havia ninguém no quarto, nem ninguém saiu! — exclamou Hilda.

— E nesse tempo todo a senhora não falou nada — comentou Poirot.

O rosto de Hilda Lee ficou branco, mas ela respondeu com voz firme:

— Não, porque se eu lhe dissesse o que havia acontecido, só havia uma coisa que o senhor poderia dizer ou pensar: que teria sido *eu* quem o matou...

Poirot fez que não.

— Não. A senhora não o matou. Foi o filho dele que o matou.

— Juro diante de Deus que nunca toquei nele! — argumentou Stephen.

— O senhor não. Ele tinha outros filhos!

— Como é que é? — comentou Harry.

George ficou encarando. David passou a mão sobre os olhos. Alfred piscou duas vezes.

— Na primeiríssima noite que eu estava aqui... a noite do assassinato... vi um fantasma. Era o fantasma do falecido. Quando vi Harry Lee pela primeira vez, fiquei confuso — contou Poirot. — Senti que já o havia visto. Então, percebi seus traços com mais atenção e me dei conta de como era parecido com o pai, e disse a mim mesmo que era isso que provocava a sensação de familiaridade.

"Mas ontem um homem sentado à minha frente jogou a cabeça para trás e riu... *e eu soube quem Harry Lee me lembrava.* E tracei de novo, em outro rosto, os traços do falecido.

"Não foi à toa que o pobre Tressilian sentiu-se confuso quando abriu a porta não para dois, mas para *três* homens que lembravam um ao outro. Não foi à toa que ele confessou ter ficado confuso com as pessoas quando havia três homens na casa que, a curta distância, podiam se passar um pelo outro! O mesmo corpo, os mesmos trejeitos (um em particular, o artifício de coçar o queixo), o mesmo hábito de rir com a cabeça jogada para trás, o mesmo nariz distinto e alto. Mas a semelhança nem sempre era algo fácil de se ver... *pois o terceiro homem tinha bigode.*"

Ele curvou-se para a frente.

— Às vezes, as pessoas esquecem que policiais são homens, que têm esposas e filhos, mães — ele fez uma pausa — e *pais*... Lembrem-se da reputação de Simeon Lee na cidade: um homem que partiu o coração da esposa por conta de seus casos extraconjugais. Um filho nascido do lado de lá da cerca pode herdar muitas coisas. Pode herdar os traços do pai e até seus gestos. Pode herdar seu orgulho, sua paciência, seu espírito vingativo!

Sua voz se elevou.

— Durante toda a sua vida, Sugden, o senhor ficou ressentido com a injustiça que seu pai lhe fez. Creio que tenha decidido há muito tempo que iria matá-lo. O senhor vem do condado vizinho, de não muito longe. Sem sombra de dúvida, sua mãe, com o dinheiro que Simeon Lee generosamente lhe deu, conseguiu encontrar um marido que fosse um pai para o filho. Foi fácil para o senhor ingressar na Polícia de Middleshire e aguardar a oportunidade. Um superintendente de polícia teria oportunidades grandiosas de cometer um assassinato e se safar.

O rosto de Sugden ficou branco como papel.

— O senhor está louco! Eu estava fora da casa quando ele foi morto.

Poirot fez que não.

— Não, o senhor o matou antes de sair da casa da primeira vez. Ninguém o viu com vida depois que o senhor saiu. Para o senhor, foi tudo muito fácil. Sim, Simeon Lee o aguardava, *mas nunca mandou chamá-lo*. Foi o *senhor* que telefonou e falou vagamente sobre uma tentativa de assalto. O senhor disse que telefonaria a ele pouco antes das vinte horas e fingiria estar coletando doações para a polícia. Simeon Lee não desconfiava de nada. Ele não sabia que o senhor era filho dele.

O senhor veio e lhe contou uma história sobre diamantes trocados. Ele abriu o cofre para lhe mostrar que os diamantes reais estavam a salvo, em sua posse. O senhor pediu desculpas, voltou à lareira com ele e, ao pegá-lo desprevenido, degolou-o, segurando a mão sobre a boca para ele não gritar. Algo ridículo de fácil para um homem com seu físico forte.

"Então o senhor armou a cena. Pegou os diamantes. Empilhou mesas e cadeiras, abajures e copos, e entrelaçou uma corda ou cabo muito fino que havia trazido enrolado no corpo, por fora, por dentro e entre os móveis. O senhor tinha um frasco de sangue de animal recém-falecido, ao qual acrescentou certa quantidade de citrato de sódio. O senhor derramou abundantemente e assomou mais citrato de sódio à poça de sangue que fluía da ferida de Simeon Lee. Acendeu a lareira para que o corpo mantivesse o calor. Então passou as duas pontas do cordão pelo rasgo estreito ao fundo da janela e as deixou penduradas pela parede. Saiu do quarto e girou a chave por fora. Isto foi vital, pois, *sob hipótese alguma, alguém poderia entrar no quarto*.

"Então o senhor saiu e escondeu os diamantes no jardim de vasos de pedra. Se, mais cedo ou mais tarde, fossem descobertos ali, eles apenas focariam a suspeita com mais veemência onde o senhor desejava: nos familiares legítimos de Simeon Lee. Pouco antes das 21h15, o senhor voltou e, alcançando a parte alta da parede sob a janela, puxou o cordão. Foi o que deslocou a estrutura cuidadosamente empilhada que o senhor havia disposto. Móveis e porcelanas caíram, fazendo um estrondo. O senhor puxou a outra ponta do cordão e a reacondicionou em volta do corpo, sob o casaco e o paletó. E o senhor ainda tinha mais um recurso!"

Ele se virou para os outros.

— Vocês lembram como cada um descreveu o grito de morte de Mr. Lee de maneira diferente? O senhor, Mr. Lee, descreveu-o como o grito de um homem em agonia mortal. Tanto sua esposa quanto David Lee usaram a expressão: uma alma no inferno. Mrs. David Lee, pelo contrário, disse que era o grito de alguém que *não tinha* alma. Disse que foi inumano, como um animal. Foi Harry Lee que chegou mais próximo da verdade. Ele disse que soava como um porco.

"Sabem essas compridas bexigas rosa de porco que se vende nas feiras, com rostos pintados, que chamam de 'Porco Estrebuchante'? Conforme o ar sai, elas soltam um guincho inumano. Esse, Sugden, foi seu toque final. O senhor dispôs uma dessas no quarto. O bocal tinha um pino, mas esse pino estava atado a um cordão. Quando o senhor puxou o cordão, o pino saiu e a bexiga começou a esvaziar. Em meio ao barulho da mobília, ouviu-se o grito do 'Porco Estrebuchante'."

Ele se virou para os outros mais uma vez.

— Agora vocês percebem o que foi que Pilar Estravados pegou no chão? O superintendente esperava chegar a tempo de recuperar aquele pequeno retalho de borracha antes que alguém percebesse. Contudo, ele a tirou da mão de Pilar rapidamente, de maneira oficial. Mas lembrem-se de que *ele nunca mencionou esse incidente a ninguém*. Por si só, era um fato singularmente suspeito. Ouvi falar por meio de Magdalene Lee e o abordei a respeito. Ele estava preparado para a eventualidade. Havia recortado um pedaço do estojo da *nécessaire* de Mr. Lee e plantado junto ao pino de madeira. Superficialmente, ele respondia à mesma descrição: um fragmento de borracha e um pedaço de madeira. O que significava, como percebi na época, absolutamente nada! Mas, tolo que eu era, não falei de imediato: "Isto não quer dizer nada, *então não poderia ter estado ali, e Sugden está mentindo...*" Não, eu prossegui, tolo, tentando encontrar uma explicação. Foi só depois que *mademoiselle* Estravados estava brincando com o balão que estourou e exclamou que o que havia recolhido no quarto de Simeon Lee podia ser um balão estourado, que percebi a verdade.

"Agora vocês veem como tudo se encaixa? A altercação improvável, *que é necessária para determinar o horário erra-*

do da morte; a porta trancada: para que ninguém encontrasse o corpo antes da hora; o grito do falecido. Agora o crime é lógico e crível.

"Mas, desde o instante em que Pilar Estravados exclamou sua descoberta sobre o balão, ela virou fonte de risco para o assassino. E, se esse comentário houvesse sido ouvido por ele de dentro da casa (o que pode muito bem ter acontecido já que a voz dela era aguda e clara e as janelas estavam abertas), ela mesma corria risco considerável. Ela já havia deixado o assassino em maus lençóis. Ela havia dito, falando do velho Mr. Lee: 'Ele devia ser muito bonito quando jovem.' E havia acrescentado, falando diretamente a Sugden: '*Como o senhor*.' Ela quis dizer literalmente, e Sugden entendeu. Não foi à toa que ele ficou roxo e quase sufocou-se. Foi inesperado e mortalmente perigoso. Ele esperava, depois daquilo, conseguir imputar a culpa a ela, mas isso se provou inesperadamente difícil, já que, como neta sem direito à herança do idoso, ela não teria motivação para o crime. Mais tarde, quando ele entreouviu da casa sua voz clara e aguda dando-se conta do balão, ele decidiu-se por medidas desesperadas. Preparou aquela armadilha enquanto estávamos no almoço. Por sorte, quase por milagre, não deu certo..."

O silêncio foi mortal. Então, Sugden falou baixinho:

— Quando o senhor soube?

— Eu não tinha certeza até trazer à casa um bigode falso e testar no retrato de Simeon Lee. Então... o rosto que me olhou era o seu.

— Que Deus queime a alma dele no inferno! Ainda bem que o matei!

Capítulo 7

28 de dezembro

— Pilar, acho que seria melhor ficar conosco até que possamos conseguir algo em definitivo para você — sugeriu Lydia.

— Muita gentileza da sua parte, Lydia — respondeu Pilar. — Muito educada. Você perdoa as pessoas sem fazer estardalhaço.

— Eu ainda a chamo de Pilar, embora suponha que seu nome seja outro.

— Sim, meu nome é Conchita Lopez.

— Conchita também é um belo nome.

— Você é gentil demais, Lydia. Mas não precisa se incomodar comigo. Vou me casar com Stephen e nós vamos para a África do Sul.

— Bom, é um ótimo fim para esta história — disse Lydia, sorrindo.

Pilar falou com timidez:

— Já que foi tão gentil, Lydia, você acha que um dia podemos voltar e ficar com vocês? Quem sabe no Natal? E aí podemos comer biscoitos e passas queimadas, ver essas coisinhas que brilham na árvore e os homenzinhos de neve?

— Com certeza, você pode vir e participar de um genuíno Natal inglês.

— Seria adorável. Veja, Lydia, sinto muito que este ano não tenha sido, em nenhum aspecto, um bom Natal.

Lydia prendeu a respiração.

— Não, não foi um bom Natal...

II

— Bom, adeus, Alfred — disse Harry. — Não creio que venha a se incomodar muito com minha presença. Estou de partida para o Havaí. Sempre quis morar lá se tivesse dinheiro.

— Adeus, Harry. Espero que aproveite. Espero mesmo.

— Desculpe tê-lo provocado tanto, meu velho. Que senso de humor podre o meu. Não consigo deixar de pregar peças.

Alfred respirou fundo e disse:

— Imagino que eu deva aprender a entender piadas.

— Bom... até — concluiu Harry, aliviado.

III

— David, Lydia e eu decidimos vender a casa — avisou Alfred. — Achei que talvez você pudesse gostar das coisas que eram de nossa mãe, como a cadeira e o banquinho. Você sempre foi o predileto dela.

David hesitou por um minuto.

— Obrigado pela consideração, Alfred, mas, como sabe, não vou aceitar. Não quero que nada saia da casa. Creio que seja melhor romper totalmente com o passado.

— Sim, entendo. Talvez você tenha razão.

IV

— Bom, adeus, Alfred. Adeus, Lydia — disse George. — Que momento terrível passamos. O julgamento também está por vir. Imagino que essa desgraça vá vir à tona... que Sugden era... hã... filho de meu pai. Não teríamos como dar um jeito de lhe dizer que, quem sabe, seria melhor ele jurar que tinha perspectivas comunistas avançadas e que desprezava meu pai por ser capitalista? Algo assim?

— Meu caro George, imagina mesmo que um homem como Sugden contaria mentiras para aliviar o que *nós* sentimos? — perguntou Lydia.

— Hã... acho que não. Não, faz sentido o que você disse. De qualquer modo, o homem deve ser louco. Bem, adeus mais uma vez.

— Adeus — disse Magdalene. — No próximo ano, vamos todos passar o Natal na Riviera ou em outro lugar, aí ficaremos alegres de verdade.

— Depende da bolsa de valores — comentou George.

— Querido, não seja *maldoso*.

V

Alfred saiu para o pátio. Lydia estava curvada sobre um dos vasos de pedra. Ela endireitou-se quando o viu.

— Bom... todos se foram — falou ele, suspirando.

— Sim... Que bênção.

— Pois é. Você vai ficar contente de sair dessa casa.

— E você vai gostar também?

— Sim, vou ficar contente. Há tantas coisas interessantes que podemos fazer juntos. Viver aqui seria ficar o tempo todo lembrando daquele pesadelo. Graças a Deus que acabou!

— Graças a Hercule Poirot.

— Sim. Foi incrível o modo como tudo se encaixou quando ele deu a explicação.

— Eu sei. Como quando você termina um quebra-cabeças e todas as pecinhas de formato esquisito que você jura que não iam se encaixar encontram seu lugar com toda a naturalidade.

— Tem uma coisinha que nunca se encaixou. O *que* George estava fazendo *depois* que telefonou? Por que ele não disse?

— Não sabe? Eu soube desde o início. Ele estava mexendo nos seus papéis na escrivaninha.

— Oh! Não, Lydia, ninguém faria uma coisa dessas.

— George faria. Ele tem uma curiosidade mórbida com questões monetárias. Mas claro que não diria. Ele teria que estar no banco dos réus para confessar.

— Está fazendo outro jardim?

— Estou.

— Do quê, desta vez?

— Acho que é uma tentativa de Jardim do Éden. Uma nova versão… sem serpente… e Adão e Eva são de meia-idade.

— Minha cara Lydia. Como você foi paciente esses anos todos. Tem sido muito gentil comigo.

— O caso, Alfred, é que te amo…

VI

— Que Deus tenha piedade da minha alma! — falou Coronel Johnson. — Pelo amor de Cristo! Que Deus me abençoe! — Ele recostou-se na cadeira e olhou para Poirot. Em tom queixoso, disse: — Meu melhor homem! A que ponto chegamos na polícia?

— Até policiais têm vidas privadas! Sugden era um homem muito orgulhoso — respondeu Poirot.

Coronel Johnson negou com a cabeça.

Para aliviar o que sentia, ele chutou as toras na grade da lareira.

— É o que sempre digo… não há nada como fogo de lenha.

Hercule Poirot, ciente das correntes de ar que lhe esfriavam o pescoço, pensou consigo: "*Pour moi*, a calefação acima de tudo…"

Notas sobre O Natal de Hercule Poirot

Este é o 32º romance policial de Agatha Christie e o 20º que estrela o Detetive Hercule Poirot. Foi publicado inicialmente em capítulos semanais na revista norte-americana *Collier's* e no jornal britânico *Daily Express* entre fins de 1938 e início de 1939. A primeira versão em livro saiu na Inglaterra em dezembro de 1938, quando a autora tinha 48 anos. Nas primeiras versões, a história ganhou os nomes *Murder for Christmas* e *Murder at Christmas* e, nos Estados Unidos, o livro foi vendido por muitos anos com o título *A Holiday for Murder*.

O Coronel Johnson, apresentado como velho conhecido de Poirot, é mencionado em apenas um outro livro de Christie: *Tragédia em três atos*, publicado quatro anos antes de *O Natal de Hercule Poirot.* Cartwright e sir Bartholomew Strange, citados neste livro, são personagens de *Tragédia em três atos.*

A trama de *O Natal de Poirot* se passa ao longo de sete dias em torno do Natal, sendo que o 25 de dezembro cai em um sábado. O Natal caiu em um sábado em 1937, e daí supõe-se que a história se passe naquele ano.

A Guerra Civil Espanhola é um dos panos de fundo da trama, e o conflito estava em pleno vigor na época. Iniciada com uma tentativa de golpe de estado em 1936, a guerra se desenrolou até abril de 1939 (após a publicação do livro), quando as forças do General Francisco Franco tomaram o governo. Franco comandaria o país até sua morte, em 1975.

Estima-se que meio milhão de espanhóis tenham morrido durante o conflito. “Não tem como ser agradável estar na Espanha neste momento”, como diz o Coronel Johnson, é um dos maiores eufemismos ingleses proferidos num livro de Agatha Christie.

Pilar Estravados estranha o uso da palavra “pacifista” porque era uma palavra relativamente nova para a época. Embora a ideia seja antiga, o termo “*pacifisme*” só surgiu no francês em 1901.

Embora a Guerra Civil seja realista, Christie inventou lugares como a cidade espanhola fictícia de “Aliquara” e o próprio condado onde se passa a trama: não existe “Middleshire” no Reino Unido, tampouco Longdale, Addlesfield, Westeringham ou Reeveshire.

Amor na antiga Sevilha, o filme que Horbury vai assistir no cinema, também é invenção de Christie.

Simeon Lee é “duplamente milionário”. Uma fortuna de dois milhões de libras em 1937 equivaleria a aproximadamente 140 milhões de libras em 2021. Quanto aos diamantes brutos que o idoso guardava no cofre, avaliados em torno de 10 mil libras, eles valeriam quase 700 mil em 2021.

O rosto de David Lee “tinha os traços suaves de um cavaleiro de Burne-Jones”. Edward Burne-Jones (1833-1898) foi um pintor e vitralista inglês ligado ao movimento Pré-Rafaelita.

“Alfred havia se casado com uma moça cuja família tinha chegado na companhia do Conquistador!”, diz Harry Lee, referindo-se a Lydia. Na Inglaterra, costumava-se dizer das famílias nobres que sua linhagem podia ser traçada até aos que participaram da invasão normanda, em 1066, comandada por Guilherme I, o Conquistador (1028-1087).

"Os moinhos de Deus moem devagar, mas moem fino": o provérbio popularizou-se no inglês graças a um poema de Friedrich von Logau (1605-1655) traduzido por Henry Wadsworth Longfellow (1807-1882) e publicado em 1846 com o título "Retribution". Mas a máxima tem mais idade, e foi citada por Plutarco (46-119) na *Moralia*.

A outra citação mencionada com frequência no livro — "Quem diria que o velho tinha tanto sangue em si" — vem de *Macbeth*, de William Shakespeare, como Poirot a identifica. É a frase proferida por Lady Macbeth ao se deparar com o Rei Duncan no ato V, cena I.

Horbury, o cuidador, quebra uma xícara Worcester. A marca de porcelana é uma das mais tradicionais da Inglaterra, em produção desde 1751.

***O Natal de Poirot* ganhou três adaptações para o audiovisual e uma para o rádio**. A versão para o rádio foi produzida para a BBC Radio 4 e foi ao ar no Natal de 1986. No Natal de 1994, foi o episódio de abertura da temporada 6 do seriado britânico *Agatha Christie's Poirot*. Em 2006, foi a vez de uma adaptação em minissérie para a TV francesa, chamada *Petits Meurtres en famille* — que troca Poirot pelos investigadores Larosière e Lampion. Por fim, em 2018, o livro gerou o episódio "Meurtres en solde" do seriado francês *Les Petits Meutres d'Agatha Christie,* que também troca Poirot por outros investigadores — e a história, além de não se passar no Natal, é encenada na França dos anos 1950.

Este livro foi impresso pela Ípsis,
em 2025, para a HarperCollins Brasil.
A fonte usada no miolo é Cheltenham, corpo 9,5/13,5pt.
O papel do miolo é pólen bold 70g/m²,
e o da capa é couché 150g/m² e cartão paraná.